Die verlorene Ehre der Katharina Blum

Arbeitsmaterialien für den
fortgeschrittenen Deutschunterricht

Ulrike Hanna Meinhof, M.A.
University of Sussex

and

Ruth Rach
University of Bath

Nelson

Inhalt

Einheit 1: Frauen 3
Einheit 2: Nachrichten 19
Einheit 3: Lebensmodelle 48

Einleitung

Die Textlupe stellt einen neuartigen Versuch dar, sprachliche, literarische und landeskundliche Arbeit miteinander zu verknüpfen. In dieser Ausgabe werden drei umfassende Themenkreise aus Heinrich Bölls Roman *Die verlorene Ehre der Katharina Blum* aufgegriffen, die von zentraler Bedeutung für unsere Gesellschaft sind: Frauen, die Presse, und Formen des Zusammenlebens.
Die Texte und Übungen reflektieren und kommentieren die Hauptthemen des Romans und informieren über die spezifische Situation in der BRD, die Böll zum Schreiben des Romans veranlaßte. Der Lernende soll angeregt werden, auf die brisanten Probleme im Roman zu reagieren und sich kritisch mit ihnen auseinanderzusetzen.

Arbeitsanleitung:
Die Textlupe eignet sich für Lernende mit fortgeschrittenen Sprachkenntnissen, also für Schüler in den letzten beiden Schuljahren, sowie für Studenten im ersten Jahr an Universitäten und Hochschulen. Sie kann vollständig oder auch nur auszugsweise verwendet werden. Kenntnis von Heinrich Bölls Roman setzt sie nicht voraus; sie läßt sich also auch unabhängig im Deutschunterricht einsetzen. Einige Übungen, die Kenntnis des Romans notwendig machen, sind durch ein Kreuzsymbol (†) gekennzeichnet.

Zu den Texten:
Ausschnitte aus Heinrich Bölls Roman greifen die wichtigsten Ideen des Romans auf. Sie werden in Zusammenhang gesetzt mit anderen Quellen, die Kontrast und Ergänzung liefern. Ausschnitte aus Literatur und Kunst, Zeitungen und Zeitschriften unterschiedlichsten Niveaus, Interviews, Meinungsumfragen und viele andere Materialien sollen das Bild der modernen BRD skizzieren als einer Gesellschaft voller Zwiespalt und Konflikte, die aber auch an sich arbeitet.
Die Fragen zum Text überprüfen das unmittelbare Textverständnis, und zwar in Form von einfachen Verständnisfragen oder auch als Zusammenfassung von mehreren Abschnitten.

Zu den Übungen:
Die Sprachübungen beziehen sich auf die wichtigsten Strukturen in den Texten. (Die Inhaltsangaben vor jeder der Einheiten enthalten genauere Angaben.) Diese Strukturen werden unter Einbeziehung des Textvokabulars und der entsprechenden Wortfelder geübt. Der Aufbau der einzelnen Übungen wurde soweit wie möglich variiert, um mechanisches Arbeiten zu verhindern. Ebenso ist der Schwierigkeitsgrad unterschiedlich. Besonders schwierige Übungen sind durch einen Stern (*) gekennzeichnet, um die weniger Fortgeschrittenen nicht zu überfordern. Abgesehen von der Vertiefung von Wortschatz und Grammatik legen die Übungen besonderen Wert auf verschiedene Sprachregister und -perspektiven: Sprache sollte stets als untrennbar von Aussage und Wertung empfunden werden; das Feingefühl für die Sprache soll durch Gegenüberstellung und Neuformulierung aktiviert werden.
Die Diskussions–und Projektübungen enthalten Vorschläge und Anregungen, wie man die Texte erarbeiten, ausbauen und in einen weiteren Zusammenhang stellen kann. Sie verdeutlichen die Parallelen und Kontraste zwischen den einzelnen Materialien und geben so einen Leitfaden für die verschiedenen Themen. Gleichzeitig sollen sie den Lernenden dazu ermutigen, über den Rahmen des Buches hinaus weiterzuforschen und seine eigene Umwelt mit einzubeziehen.
Die drei Anhänge fassen die Themen der jeweiligen Kapitel zusammen. Sie erläutern die Ideen, die zur Auswahl der Materialien führten und zeigen Möglichkeiten auf, wie man in eigener Initiative weiterarbeiten könnte. Sie richten sich in erster Linie an den Unterrichtenden, lassen sich aber auch als abschließende Diskussionsgrundlage verwenden.

Bilder und Interpretationen I: FRAUEN

1. Kapitel:	**Zärtlich oder zudringlich?**			4-6
Text 1	Katharina Blum (Kapitel 18)	*Romanauszug*	lassen; Passiv; Wortschatz: Vor Gericht	4
2. Kapitel:	**Im goldenen Käfig**			7-9
Text 2	Frauen beichten: Am liebsten würde ich davonlaufen	*Zeitungsgeschichte*	fest zusammengesetzte Verben; Wortschatz: ver-; Adjektive (Endungen)	7
3. Kapitel:	**Wer würde ihr schon glauben?**			9-11
Text 3	Katharina Blum (aus Kapitel 44)	*Romanauszug*	Wortfamilien; Konjunktiv (irreal); Adjektive	9
4. Kapitel:	**Ich sage ich und könnt' auch sagen wir**			12-14
Text 4	Katharina Blum (aus Kapitel 25)	*Romanauszug*	Indirekte Rede	12
Text 5A	Rilke: Die Stille	*Gedicht*		13
Text 5B	George: Du schlank und rein	*Gedicht*		13
Text 5C	Brecht: Sonett Nr. 19	*Gedicht*	Sprach- und Stilanalyse	14
5. Kapitel:	**Sie kennen sie nicht, und doch wissen Sie, wer sie ist**			15-17
Bild 1+2	Eines ist Gewißheit . . .	*Werbebild*	Bild- und Textanalyse	15-16
Bild 3	Pirelli Reifen	*Werbebild*		17
Bild 4	Roland Topor: Frauen	*Karikatur*	Interpretation und	17
Bild 5	Magritte: L'évidence éternelle	*Gemälde*	Vergleich	17
Anhang:	**Frauen in unserer Gesellschaft**			18
	Problemstellung		Projektarbeit	

I. Kapitel: Zärtlich oder zudringlich?

Text 1: *Katharina Blum (Kapitel 18)*

Die Dauer der Vernehmungen ließ sich daraus erklären, daß Katharina Blum mit erstaunlicher Pedanterie jede einzelne Formulierung kontrollierte, sich jeden Satz, so wie er ins Protokoll aufgenommen wurde, vorlesen ließ. Z.B. die im letzten Abschnitt erwähnten Zudringlichkeiten waren erst als Zärtlichkeiten ins Protokoll eingegangen bzw. zunächst in der Fassung, „daß die Herren zärtlich wurden"; wogegen sich Katharina Blum empörte und energisch wehrte. Es kam zu regelrechten Definitionskontroversen zwischen ihr und den Staatsanwälten, ihr und Beizmenne, weil Katharina behauptete, Zärtlichkeit sei eben eine beiderseitige und Zudringlichkeit eine einseitige Handlung, und um letztere habe es sich immer gehandelt. Als die Herren fanden, das sei doch alles nicht so wichtig und sie sei schuld, wenn die Vernehmung länger dauere, als üblich sei, sagte sie, sie würde kein Protokoll unterschreiben, in dem statt Zudringlichkeiten Zärtlichkeiten stehe. Der Unterschied sei für sie von entscheidender Bedeutung, und einer der Gründe, warum sie sich von ihrem Mann getrennt habe, hänge damit zusammen; der sei eben nie zärtlich, sondern immer zudringlich gewesen.

Ähnliche Kontroversen hatte es um das Wort „gütig", auf das Ehepaar Blorna angewandt, gegeben. Im Protokoll stand „nett zu mir", die Blum bestand auf dem Wort gütig, und als ihr statt dessen gar das Wort gutmütig vorgeschlagen wurde, weil gütig so altmodisch klinge, war sie empört und behauptete, Nettigkeit und Gutmütigkeit hätten mit Güte nichts zu tun, als letzteres habe sie die Haltung der Blornas ihr gegenüber empfunden.

Wörter und Wendungen

die Vernehmung: Befragung durch die Polizei (oder ein Gericht)
kontrollieren: überprüfen
die Zudringlichkeit: zudringlich sein: sich einer Person gegen ihren Willen nähern und ihr dabei lästig fallen
die Zärtlichkeit: zärtlich: liebevoll
ins Protokoll eingehen: in den offiziellen Bericht geschrieben werden
die Fassung: *hier:* die Formulierung

Fragen zum Text

Antworten Sie möglichst mit Passivkonstruktionen:
1. Warum wurde Katharina so lange vernommen?
2. Welche Formulierungen waren protokolliert worden?
3. Welche Ausdrücke wurden stattdessen von Katharina vorgeschlagen?
4. Welche Begründungen wurden von ihr für diese Unterscheidung angeführt?
5. Was wurde Katharina daraufhin von den Staatsanwälten und von Beizmenne vorgeworfen?

Aufsatz

1. Aufgrund welcher persönlichen Erlebnisse besteht Katharina Blum auf der Unterscheidung zwischen „zärtlich" und „zudringlich"?
   Finden Sie, daß Katharinas Haltung gerechtfertigt ist?
2. Wie beurteilen Sie das Verhalten der Polizei während des Verhörs?

Zur Diskussion

†1. Vergleichen Sie die Vernehmungsszenen im Roman KB entweder mit
   – Vernehmungsszenen im Film KB, oder mit
   – Vernehmungen in bekannten Fernsehserien (z.B. Kojak), Filmen oder Kriminalromanen.
   Beachten Sie dabei folgende Kriterien:
   (a) Welche Vernehmungsmethoden werden angewendet?
   (b) Aus welcher Sicht (z.B. des Verdächtigen ‚der Polizei ‚eines „neutralen" Erzählers) werden die Szenen präsentiert, und welchen Einfluß hat dies auf den Zuschauer bzw. den Leser?
   (c) Wie reagiert der Zuschauer bzw. der Leser auf offensichtliche Rechtsverletzungen der Polizei wie z.B. Einschüchterung, Trickfragen?
2. Würde die Vernehmung anders verlaufen, wenn es sich bei dem Verdächtigen um einen Mann handeln würde?
3. Die Polizei geht von einer ganz bestimmten Vorstellung der „Frau" aus, die Katharina jedoch nicht erfüllt. Beschreiben Sie dieses „Frauenbild".

Übungen zu Grammatik und Wortschatz

I. Dreimal lassen

Bedeutungen:

(a) bewirken, veranlassen:
→ Der Inspektor *ließ* Katharina vèrhören.

(b) möglich sein:
→ Die Dauer der Vernehmungen *läßt sich* leicht erklären.

(c) zulassen, erlauben:
→ Der Inspektor *ließ* Katharina nach dem Verhör nach Hause gehen.

A. *Welche der drei Bedeutungen trifft auf die folgenden Sätze zu:*

1. Katharina läßt sich den Vorgang erklären.
2. Der Vorgang läßt sich leicht erklären.
3. Der Staatsanwalt läßt sie Fragen stellen.
4. Der Staatsanwalt läßt ihr Fragen stellen.
5. Katharina läßt sich vernehmen.
6. Sie läßt sich das Protokoll vorlesen.
7. Das Protokoll ließ sich in kurzer Zeit vorlesen.
8. Die Formulierungen haben sich leicht ändern lassen.
9. Katharina hat sich nicht alles gefallen lassen.
10. Der Staatsanwalt ließ das Protokoll unterschreiben.

B. *Ersetzen Sie in den Sätzen 1–10 den Ausdruck durch andere Formulierungen:*
Beispiel: Der Inspektor *ließ* Katharina nach dem Verhör nach Hause gehen.
→ Der Inspektor *erlaubte* es Katharina, nach dem Verhör nach Hause zu gehen.

2. Präsens, Vergangenheit oder Futur? Aktiv oder Passiv?

Untersuchen Sie folgende Sätze:
Beispiel: Der Polizist *wird* den Verdächtigen *verhaften*.
→ *wird verhaften* = Futur, Aktiv

1. Der Angeklagte wird verhört.
2. Der Staatsanwalt wird die Zeugen vernehmen wollen.
3. Eine Untersuchung wird eingeleitet.
4. Die Aussage wird protokolliert werden.
5. Man wird Anklage erheben.
6. Das Gericht wird einberufen.
7. Die Geschworenen werden vom Richter vereidigt.
8. Ein Geständnis wurde nicht abgelegt.
9. Das Urteil ist gefällt.
10. Der Angeklagte war zu 5 Jahren Gefängnis verurteilt worden.
11. Er wird erst in drei Jahren wieder aus dem Gefängnis entlassen.

3. Was machen die Juristen?

Welche Tätigkeit ist die richtige:

1. Der Richter
   - (a) verleugnet
   - (b) vernimmt   den Angeklagten.
   - (c) verurteilt
2. Der Rechtsanwalt
   - (a) vereidigt
   - (b) verteidigt   den Verdächtigen.
   - (c) verhaftet
3. Der Staatsanwalt
   - (a) verhört
   - (b) verleumdet   den Angeklagten.
   - (c) verklagt

4. Was geschah vor Gericht?

A. *Setzen Sie das passende Verb ein:*

> protokollieren   fällen   vertagen
> vereidigen   ablegen   ermitteln

1. Die Verhandlung wurde ....
2. Das Verhör wurde ....
3. Das Urteil wurde ....
4. Die Schuld wurde ....
5. Ein Geständnis wurde ....
6. Der Geschworene wurde ....

B. *Setzen Sie die Sätze ins Passiv:*
1. Die Journalisten erörterten den Verhandlungsablauf.
2. Der Angeklagte streitet die Tat ab.
3. Der Zeuge widerruft seine Aussage.
4. Man bewies dem Angeklagten das Gegenteil.
5. Der Angeklagte berichtigt seine Aussage.
6. Er hat ein umfassendes Geständnis abgelegt.

C. *Setzen Sie die passenden Ausdrücke ein:*

> begehen   fällen   verteidigen
> ablegen   erheben   sperren

1. Der Angeklagte wurde von seinem Rechtsanwalt ... .
2. Alle Zeugen werden einen Eid ....
3. Die Anklage wird vom Staatsanwalt ....
4. Das Urteil wird vom Richter ....
5. Weil der Angeklagte ein Verbrechen .... hat, wird man ihn in eine Zelle ....

5. Nominalphrasen

Formulieren Sie die Sätze nach folgendem Muster um:

> *Beispiel:* Er mußte *einen Schwur leisten.*
> → Er mußte *schwören.*

1. Nach der Demonstration wurde *eine Ermittlung* gegen einige Studenten *eingeleitet.*
2. Eine erste *Vernehmung* der Studenten wurde *durchgeführt.*
3. Der Staatsanwalt *erhob Anklage* gegen die Studenten.
4. Ein junger Rechtsanwalt *übernahm die Verteidigung* der Demonstranten.
5. Nur einer der Studenten *machte eine Aussage.*
6. Diese Aussage wurde *in einem Protokoll festgehalten.*

2. Kapitel: Im goldenen Käfig

Text 2: *Geschichte aus der* Neuen Post

Frauen beichten

Am liebsten möchte ich davonlaufen

Der Luxus, den mir mein Mann bietet, kann mich nicht glücklich machen

Meine Bekannten und Freunde von früher beneiden mich um das Leben, das ich führe. Nur Susanne, die engste Vertraute seit meinen Kindertagen, die einzige auch, die mich in Florenz besuchte, bedauert mich von ganzem Herzen.

Sie kam zu mir in die prächtige Villa am Stadtrand von Florenz, in der ich seit meiner Heirat mit meiner Familie lebe; mit meinem Mann, meiner Schwiegermutter, Onkel und Tanten ... und meinem kleinen Sohn.

Er heißt Ernesto – wie mein Mann – und es ist mein größter Kummer, daß ich so wenig Zeit für ihn habe. Er wird von einem italienischsprechenden Kindermädchen betreut.

Ich selbst spreche nicht sehr gut Italienisch, und der Kleine soll meine fehlerhafte Aussprache, meinen Akzent nicht übernehmen. Deshalb – so sagt mein Mann – ist es besser, wenn ich die Erziehung meines Kindes Carlotta überlasse und mich statt dessen um meine gesellschaftlichen Verpflichtungen kümmere.

Beinahe jeden Tag kommen Gäste zu uns ins Haus, oder wir sind eingeladen – immer bei wohlhabenden, einflußreichen Leuten.

Ich habe weiter nichts zu tun als gut angezogen, gepflegt und heiter zu sein, das Personal anzuhalten, seine Arbeit zu tun und meinen Mann zu erwarten, wenn er abends nach Hause kommt.

Als meine Schulfreundin bei mir war, führte ich sie durch mein elegantes Zuhause, ging mit ihr zu meinem Sohn, der gerade mit Carlotta, dem Kindermädchen, spielte. Später nahm ich sie mit zu einer Cocktailparty, die ein reicher Industrieller gab ...

Beim Abschied auf dem Bahnhof von Florenz umarmte mich Susanne ganz spontan, küßte mich auf die Wangen und sagte leise zu mir: „Arme Ingrid! Wenn du es einmal nicht mehr aushältst, kannst du zu uns nach Böblingen kommen, jederzeit!"

Ich war sprachlos. „Wie kommst du denn darauf?" fragte ich beleidigt. „Ich führe doch ein schönes Leben. Warum sollte ich weglaufen? Ich habe einen Mann, der mich liebt und verwöhnt, einen hübschen Sohn, der einmal zwei Fabriken und sehr viel Grundbesitz erben wird ..."

„Entschuldige, Ingrid!" Meine Freundin ließ mich nicht ausreden, sie war ein wenig verlegen. „Vergiß, was ich gesagt habe. Weißt du, es ist ja nur, weil ich so nicht leben könnte ..."

Sie verschwand in ihrem Abteil, und noch lange sah ich dem Zug hinterher. Später stieg ich in unseren Wagen, der auf dem Bahnhofsvorplatz auf mich wartete und bat den Chauffeur: „Carlo, bitte fahren Sie mich ein Stück hinaus ins Grüne. Ich möchte ein wenig allein sein."

Carlo blieb höflich, aber bestimmt: „Verzeihen Sie, Signora, aber Signore Battista hat angeordnet, daß ich Sie sofort wieder zurückbringe. Um halb zwölf Uhr ist ein Empfang in der Stadtverwaltung ..."

In diesem Augenblick kam es mir zum erstenmal so richtig zum Bewußtsein: Ich war nicht frei. Ich besaß zwar alles, was sich eine Frau wünschen kann: Modellkleider, wertvollen Schmuck, ein elegantes Heim, aber genügte das? Auf einmal wurde mir klar, daß all der Luxus, den mir mein Mann bietet, mich auf die Dauer nicht glücklich machen kann.

Was, so fragte ich mich, bin ich denn anderes als ein schönes Ausstellungsstück, das überall herumgezeigt wird – die immer heitere blonde Deutsche, die sich der vornehme Ernesto Battista in seine Villa geholt hat?

Wie hatte nur alles so kommen können? Früher, als ich noch Stewardeß war, gehörte mir die ganze Welt – das jedenfalls glaubte ich. Ich war damals zwar unglücklich in den Copiloten unserer Maschine verliebt, aber die Tränen, die ich seinetwegen weinte, waren echt; meine Gefühle waren echt, meine Lebensfreude war echt.

Mit einer Kollegin bewohnte ich zusammen ein 2-Zimmer-Apartment. Wir stritten uns dauernd, wer morgens zuerst ins Badezimmer durfte und liehen uns gegenseitig die Kleider.

Langeweile hatte ich nie. Ich war viel unterwegs, überflog die Kontinente und freute mich immer auf die wenigen behaglichen Stunden, die ich in meinem kleinen Reich verbringen konnte.

Eigentlich hatte ich den Copiloten heiraten wollen, aber er entschied sich für eine andere. Es tat sehr weh, und ich war zutiefst verletzt. Wohl mehr aus Trotz wurde ich meinem

Abgeschlossene wahre Geschichte

Prinzip, niemals etwas mit einem Passagier anzufangen, untreu.

Ernesto Battista flog mit uns nach Tokio. Er war ein gutaussehender Mann mit grauen Schläfen, der mich mit seinem südlichen Temperament umwarb, mir teure Rosenbuketts schickte und mit mir elegante Lokale besuchte.

Als er mich schließlich zum erstenmal mit nach Florenz nahm, mir sein prachtvolles Haus zeigte und mich seiner Mutter vorstellte, einer immer noch schönen, majestätischen Achtzigjährigen, war ich überwältigt von all dem Luxus und der Vornehmheit.

Ernesto bat mich, seine Frau zu werden, und ich sagte ja, obwohl er zwanzig Jahre älter ist als ich und schon zwei erwachsene Töchter aus erster Ehe hat, seine Frau starb.

Seit vier Jahren sind wir verheiratet. Seitdem darf ich keinen Schritt allein machen. Ernesto will meine Post lesen und weiß um jedes Telefongespräch, das ich führe.

Das ist alles ganz selbstverständlich, denn er ist der absolute Herr in unserem Haus, und nur seine alte Mutter hat noch ein bißchen mehr zu sagen als er.

Niemand behandelt mich schlecht. Mein Mann liebt und verehrt mich noch immer. Aber Susanne hat recht, wenn sie mich bedauert. Ich lebe wie in einem goldenen Käfig und fühle mich von Tag zu Tag einsamer. Am liebsten möchte ich manchmal einfach davonlaufen.

Wenn ich wenigstens eine Aufgabe hätte, mich allein um die Erziehung meines Sohnes kümmern dürfte, an dem ich so sehr hänge! Es ist schrecklich, wir werden uns mehr und mehr fremd. Es fehlt nur noch, daß er mich siezt. Ich komme mir oft sehr nutzlos in seiner Gegenwart vor.

Wie gern würde ich einmal wieder mit Freunden in ein Café gehen oder zum Tanzen in eine Diskothek oder auf ein Volksfest und Würstchen und Heringsbrötchen essen. Aber das alles wird es nie mehr für mich geben.

Es besteht überhaupt keine Hoffnung, daß sich mein Leben jemals ändert, daß ich diesen belastenden Zwängen irgendwann entfliehen kann.

Ich war in letzter Zeit schon oft drauf und dran, meinen Koffer zu packen und zu gehen. Mein Mann hat jedoch ein wichtiges Pfand: mein Söhnchen Ernesto. Seinetwegen bleibe ich, obgleich ich nicht glücklich bin.

Die Namen wurden geändert. Evtl. Namensgleichheiten sind zufällig.

Wörter und Wendungen

das Personal: *hier:* die Hausangestellten

jdn. dazu anhalten, etwas zu tun: dafür sorgen, daß jemand etwas Bestimmtes tut

jdn. ausreden lassen: jdn. zu Ende sprechen lassen

seinem Prinzip untreu werden: seine eigenen Grundsätze brechen

von einer Sache überwältigt sein: *hier:* tief beeindruckt sein

der Herr im Haus: *hier:* jemand, der in der Familie alle Entscheidungen trifft

etwas zu sagen haben: wichtig sein; seinen Willen durchsetzen können

an jdm. hängen: jdn. nicht missen wollen

das Heringsbrötchen: ein Brötchen mit einem sauer marinierten Stück Hering und Zwiebelringen

Fragen zum Text

1. Wie wird Ernesto Battista beschrieben?
2. Was für ein Leben führt unsere Heldin?
3. Was für ein Leben wünscht sie sich?
4. Auf welche Weise wird mit Ingrid ein bestimmter „Frauentyp" entworfen?
5. Halten Sie die hier skizzierte Figur für wirklichkeitsgetreu?

Zur Diskussion

1. Was macht diese „wahre Geschichte" zu einem Klischee?
2. Welche Leserschaft wird Ihrer Meinung nach angesprochen?

Projekt

Suchen Sie ähnliche Geschichten aus Zeitungen Ihres Landes. Analysieren und vergleichen Sie Stil, Inhalt und Zielgruppe (anvisierte Leserschaft)!

Übungen zu Grammatik und Wortschatz

1. Fest zusammengesetzte Verben

Setzen Sie das geeignete Verb in der passenden Form ein:

1. (beneiden/bedauern) Meine Freundin hat mich immer um mein prächtiges Haus ...., ich dagegen habe sie immer wegen ihrer kleinen Stadtwohnung ....
2. (besitzen/bewohnen) Der Mann, dessen Haus ich zehn Jahre lang .... habe, ... noch weitere fünf Miethäuser.
3. (behandeln/besuchen) Obwohl mich meine Verwandten im letzten Jahr sehr schlecht .... haben, werde ich sie zu Weihnachten wieder ....
4. (betreuen/erwarten) Er hat immer ...., von mir .... zu werden.
5. (entfliehen) Der Gefangene ist gestern ....
6. (entscheiden) Wir haben uns einstimmig für Sie als Präsidenten ....
7. (genügen/gehören) Dieser Besitz .... unserer Familie seit vielen Generationen, aber mir hat er nie ....

2. Trennbare oder fest zusammengesetzte Verben?

Setzen Sie das geeignete Verb in der passenden Form ein:

1. (einladen/verladen) Für heute Abend haben wir Gäste .... Das Getreide wurde gestern ....
2. (erhalten/aushalten) Sein dummes Geschwätz hätte ich fast nicht mehr .... Zum Geburtstag habe ich einen wertvollen Ring aus Platin ....
3. (anordnen, verordnen) Der Arzt hat ihm täglich drei Tabletten .... Der Direktor hat ...., daß neue Maschinen angeschafft werden sollen.
4. (erziehen/anziehen) Meine Kinder wurden von klein auf dazu ...., sich selbst ....
5. (bereden/ausreden) Diese Angelegenheit wurde schon viel zu lange .... Trotzdem hat kein Sprecher den anderen .... lassen.
6. (weglaufen/verlaufen) Das Kind ist von zu Hause .... Es hat sich im Wald ....
7. (verfahren/hinausfahren) Wir sind aus der Stadt .... Leider haben wir uns dabei ....
8. (verstellen/vorstellen) Hast Du die neuen Gäste Schon ....? Der Polizist hat dem Flüchtigen den Weg ....
9. (umwerben/bewerben) Sie wurde immer viel .... Gestern hat sie sich um eine Stelle in der Verwaltung ....
10. (übernehmen/mitnehmen) Er hat die Firma von seinem Vater .... Wir haben unsere Kinder immer nach Übersee ....

11. (überfliegen/wegfliegen) Der Vogel ist soeben .... Als Stewardess hat sie viele Länder und Kontinente ....
12. (übersetzen) Dieses Buch wurde sehr schlecht .... Wir wurden alle mit der Fähre ....

3. Ein ganz neuer Film aus Hollywood

Setzen Sie das passende Partizip Perfekt ein:

> verzeihen. verlieben verlassen
> verschwinden verwöhnen verdrehen
> verführen verletzen verehren verbringen

1. Erst hat er sich in sie ....
2. Er hat sie so ...., daß er sie mit Geschenken .... hat.
3. Das hat ihr den Kopf ....
4. Er hat ihr jede Dummheit ....
5. Sie haben herrliche Stunden miteinander ....
6. Eines Tages hat sie ein anderer Mann mit noch wertvolleren Geschenken ....
7. Das hat ihn zutiefst ....
8. Und plötzlich ist er ....
9. Sie aber ist nun von allen Menschen ....

4. Adjektiv-Endungen

Leiten Sie die Adjektive ab:
Beispiel: Dieser Mann hat nicht viel Mut.
→ Dieser Mann ist *mutlos.*

> -voll -end -reich -ant -los -haft

1. Er hat großen Einfluß: er ist sehr ....
2. Sie hat sehr viel Charme: sie ist sehr ....
3. Sie macht viele Fehler in ihrer Aussprache: ihre Aussprache ist sehr ....
4. Dieses Schmuckstück hat großen Wert: es ist sehr ....
5. Dieses Werkzeug nützt überhaupt nichts: es ist völlig ....
6. Ihr Mann sieht sehr gut aus: er ist ein sehr .... Mann.

5. Sie findet alles negativ!

> bedürftig geizig im Überfluß protzig
> verschwenderisch pompös

1. Er findet den Wagen vornehm; sie findet ihn ....
2. Er findet sich sparsam; sie findet ihn ....
3. Er findet die Villa elegant; sie findet sie ....
4. Er findet sich großzügig; sie findet ihn ....
5. Er findet sich mittellos; sie findet ihn ....
6. Er findet sich wohlhabend; sie findet, er lebt ....

3. Kapitel: Wer würde ihr schon glauben?

Text 3: *Katharina Blum (Auszug aus Kapitel 44)*

In diesem ihr vertrauten und freundschaftlich gesonnenen Kreis, in Erwin Kloogs Wohnzimmer, sprach sie auch offen über ihr Verhältnis zu Sträubleder: er habe sie einmal nach einem Abend bei Blornas nach Hause gebracht, sie, obwohl sie das strikt, fast mit Ekel abgelehnt habe, bis an die Haustür, dann sogar in ihre Wohnung begleitet, indem er einfach den Fuß zwischen die Tür gesetzt habe. Nun, er habe natürlich versucht, zudringlich zu werden, sei wohl beleidigt gewesen, weil sie ihn gar nicht unwiderstehlich fand, und sei schließlich—es war schon nach Mitternacht—gegangen. Von diesem Tag an habe er sie regelrecht verfolgt, sei immer wiedergekommen, habe Blumen geschickt, Briefe geschrieben, und es sei ihm einige Male gelungen, zu ihr in die Wohnung vorzudringen, bei dieser Gelegenheit habe er ihr den Ring einfach aufgedrängt. Das sei alles. Sie habe deshalb seine Besuche nicht zugegeben bzw. seinen Namen nicht preisgegeben, weil sie es für unmöglich angesehen habe, den vernehmenden Beamten zu erklären, daß nichts, rein gar nichts, nicht einmal ein einziger Kuß zwischen ihnen gewesen sei. Wer würde ihr schon glauben, daß sie einem Menschen wie Sträubleder widerstehen würde, der ja nicht nur wohlhabend sei, sondern in Politik, Wirtschaft und Wissenschaft seines unwiderstehlichen Charmes wegen geradezu berühmt sei, fast wie ein Filmschauspieler, und wer würde einer Hausangestellten wie ihr schon glauben, daß sie einem Filmschauspieler widerstehen würde, und nicht einmal aus moralischen, sondern aus Geschmacksgründen? Er habe einfach nicht den geringsten Reiz auf sie ausgeübt, und sie empfinde diese ganze Herrenbesuchsgeschichte als das scheußlichste Eindringen in eine Sphäre, die sie nicht als Intimsphäre bezeichnen möchte, weil das mißverständlich sei, denn sie sei ja nicht andeutungsweise intim mit Sträubleder geworden—sondern weil er sie in eine Lage gebracht habe, die sie niemand, schon gar nicht einem Vernehmungskommando hätte erklären können.

Wörter und Wendungen

jdm. freundschaftlich gesonnen sein: zu jdm. eine freundschaftliche Einstellung haben
preisgeben: verraten
andeutungsweise: in Andeutungen; mit kurzen Bemerkungen und Gesten eine Absicht durchblicken lassen
das Vernehmungskommando: spezielle Abteilung der Polizei mit der Aufgabe, eine angeklagte Person zu verhören

Fragen zum Text

1. Beschreiben Sie Katharinas Verhältnis zu Sträubleder.
2. Warum hat sie dies der Polizei verschwiegen? (Benutzen Sie Konjunktivformen bei der Beantwortung!)

Diskussion

1. Was macht Sträubleder „unwiderstehlich"?
2. Wieso wird seine Anziehungskraft mit der eines Filmschauspielers verglichen?
3. Was macht die Anziehungskraft eines Filmschauspielers aus?
4. Welche Konsequenzen hat es für Katharina, daß sie auf Sträubleder nicht so reagiert, wie es von ihr erwartet wird:
   (a) in bezug auf Sträubleder.
   (b) in bezug auf die Polizei.

*Projekt

I. Betrachten Sie Text 1 und 3:
 1. In beiden Texten spielen Klischeevorstellungen eine große Rolle. Untersuchen Sie, wie die Wechselbeziehung
 Katharina —Polizei
 Katharina —Sträubleder
 davon beeinflußt wird.
 2. Welche Funktion haben die Klischee-vorstellungen in Text 1 und 3:
 (a) Welche Leserreaktion wird beabsichtigt?
 (b) Läßt sich daraus eine gewisse Einstellung und Absicht des Autors feststellen?
II. Vergleichen Sie Text 2 mit Text 1 und 3:

Auch Text 2 benutzt Klischees, jedoch auf eine andere Art und Weise und mit einer anderen Absicht als Bölls Text.
 (a) Welche Leserreaktion wird in Text 2 erwartet?
 (b) Was unterscheidet den kritischen vom unkritischen Text?
III. Suchen Sie sich
 (a) einen bekannten Film- oder Popstar
 (b) eine bekannte Persönlichkeit aus der Politik
 aus, und untersuchen Sie (wenn möglich anhand von einem kritischen und einem unkritischen Text), welches *Image* von ihm/ihr in der Öffentlichkeit geschaffen wird.

Übungen zu Wortschatz und Grammatik

Wortfamilien

1. das Herz → herzlich   herzhaft   beherzt
herzig   herzlos

Setzen sie ein:
1. Er hatte gute Zähne und biß .... in den Apfel.
2. Meine Tante freute sich über meinen Besuch und begrüßte mich ....
3. Sie hat immer schon sehr viel Mut besessen. Durch ihr .... Eingreifen konnte die Gefahr gebannt werden.
4. Was für ein niedliches Kind! Es ist einfach ....!
5. Die .... Eltern schickten ihr Kind in ein Internat.

2. verstehen → der *Verstand* → verständig (vgl. der Sachverständige)
 → das *Verständnis* → verständlich
mißverständlich   verständnisvoll
verständnislos   unverständlich

Formulieren Sie um, indem Sie die richtigen Ableitungen benutzen:
1. Ich verstehe deine Angst; deine Angst ist ....
2. Er zeigt Verständnis für dein Problem; er ist ....
3. Du verstehst seine Lage nicht; du stehst ihr .... gegenüber.
4. Er kennt sich gut aus; er ist ein .... Mensch.
5. Es war Katharina völlig ...., wie jemand so aufdringlich sein konnte.
6. Er hat nicht genau die richtigen Worte gefunden; er hat sich .... ausgedrückt.

3. trauen → traut   vertraut   zutraulich
vertraulich   vertrauensvoll

Setzen Sie ein:
1. Die Patienten wußten, sie konnten sich auf den Arzt verlassen, und blickten ihn .... an.
2. Ich habe mich seit Jahren mit dem Problem befaßt und bin mit allen Einzelheiten ....

3. Sein höchstes Glück ist ein .... Heim.
4. Der Zoologe hatte das scheue Tier von klein an aufgezogen und dadurch recht .... gemacht.
5. Die beiden Politiker zogen sich zu einem .... Gespräch unter vier Augen zurück.

4. gut → gütlich   gütig   gutmütig   gutwillig
ungut

Setzen Sie ein:
1. Er läßt sich alles gefallen! Er ist viel zu geduldig und ....
2. Hänsel und Gretel taten sich an den Lebkuchen ......
3. Sie einigten sich ....
4. Der Bischof war milde, großherzig und ....; ganz anders, als die Dorfbewohner erwartet hatten.
5. Es gefällt mir gar nicht, daß du diese gefährliche Reise alleine antreten willst; ich habe ein sehr .... Gefühl dabei.

5. lieb → lieblich   liebevoll   lieblos
liebenswürdig

Formulieren Sie um, und benutzen Sie dabei die entsprechenden Ableitungen:
1. Der Garten ist hübsch; ein .... Garten.
2. Der alte Herr ist äußerst charmant; ein äußerst .... alter Herr.
3. Er hat viel Zuneigung und Zärtlichkeit für seine Kinder; ein .... Vater.
4. Das Mädchen ist gefühlskalt; ein .... Mädchen.

6. der Trost → trostlos   tröstlich   untröstlich

Setzen Sie ein:
1. Der Verlust seines Vaters machte ihn ....
2. Seit Tagen regnet es. Was für ein .... Wetter!
3. Es ist ein .... Gedanke, daß die Examen bald vorbei sind!

7. Unerfüllbare Wünsche
Bilden Sie Wunschsätze. Finden Sie die passenden Adjektive zu den schräggedruckten Wörtern:

Beispiel: Sie bedauert es, daß sein *Ruhm* so groß ist.
→ Sie: „Ach, wenn er nur nicht so *berühmt* wäre!"

---

1. Er versucht, sich ihr *aufzudrängen*.
   Sie: „Ach, wenn er nur nicht so ....!"
2. Sie kann ihm nicht *widerstehen*.
   Sie: „Ach, wenn er nur nicht so ....!"
3. Sie empfindet *Ekel* vor ihm.
   Sie: „Ach, wenn er nur nicht so ....!"
4. Er nimmt *keine Rücksicht* auf sie.
   Sie: „Ach, wenn er nur nicht so ....!"
5. Sie bedauert es, daß er *keinen sympathischen Eindruck* macht.
   Sie „Ach, wenn er nur nicht so ....!"

8. Der Hochstapler. Sein und Schein
Formen Sie die Sätze nach folgendem Muster um:

Beispiel: Er ist krank.
→ Er tut so, als ob er krank wäre.
(*Bedeutung:* Meiner Meinung nach ist er nicht krank.)

---

1. Er ist wohlhabend.
2. Er hat einen guten Ruf.
3. Er kann alles erreichen.
4. Er will sie verwöhnen.
5. Er versteht sie gut.
6. Er hängt sehr an seinen Kindern.
7. Er hat viel Erfolg gehabt.
8. Er hat eine Villa am Meer gekauft.
9. Er ist viel in der Welt herumgekommen.
10. Er ist trotzdem immer sehr einsam gewesen.

9. Konjunktive
Formulieren Sie um, und benutzen Sie dabei die entsprechenden Substantivformen (z.B. trösten → Trost):

Beispiel: Ich habe das nur geschafft, weil du mich *getröstet* hast.
→ Ohne deinen *Trost* hätte ich das nicht geschafft.

---

1. Dies ist mir nur gelungen, weil du mich *unterstützt* hast.
2. Das alles war nur möglich, weil er ihr *geholfen* hatte.
3. Ich habe die Lösung nur gefunden, weil Ihr *bereit* wart, mir zu *helfen*.
4. Sie hat ihre Schwierigkeiten nur deshalb überwinden können, weil Ihr so viel *Rücksicht genommen* habt.
5. Wir durften nur deshalb mitkommen, weil er es *erlaubt* hat.

*10. Wenn das Wörtchen „wenn" nicht wär ...
Formen Sie die Sätze 1–5 nach folgendem Muster um:

A. Indikativ Präsens → irreale Bedingung:
Beispiel: Er ist grob. Seine Umgebung lehnt ihn ab.
→ Wenn er nicht so grob wäre, würde ihn seine Umgebung nicht ablehnen.

B. Präsens → Imperfekt:
Beispiel: Er ist grob. Seine Umgebung lehnt ihn ab.
→ Er war grob. Seine Umgebung lehnte ihn ab.

C. Indikativ Imperfekt → irreale Bedingung:
Beispiel: Er war grob. Seine Umgebung lehnte ihn ab.
→ Wenn er nicht so grob gewesen wäre, hätte ihn seine Umgebung nicht abgelehnt.

---

1. Er ist aufdringlich. Sie findet ihn scheußlich.
2. Du flirtest mit jedem. Ich bin eifersüchtig.
3. Du beschimpfst ihn ständig. Er ist beleidigt.
4. Du verspottest sie. Sie fühlt sich gedemütigt.
5. Sie ist sehr offen. Ich kann sie gut verstehen.

11. Vergebliche Liebesmüh
Setzen Sie die folgenden Adjektive ein:

---

teuflisch	sittenlos	aufdringlich
prüde	reserviert	pikant frivol

---

1. Will Alfred zärtlich werden, so reagiert Emma ....
2. Er findet sie engelhaft, sie findet ihn ....
3. Sie kritisiert seine zweideutigen Witze und findet sie ....
4. Er meint, sie seien ...., und wirft Emma vor, sie sei zu ....
5. Die fromme Nachbarin sagt, der .... Alfred sei kein Umgang für die keusche Emma.
6. Alfred hält sich für heißblütig, Emma findet ihn ......

4. Kapitel: Ich sage ich und könnt' auch sagen wir

Text 4: *Katharina Blum (Auszug aus Kapitel 25)*

Ludwig hatte sie angerufen, und zwar von *dort!* Er war so lieb gewesen, und deshalb hatte sie ihm gar nichts von dem Ärger erzählt, weil er nicht das Gefühl haben sollte, er sei die Ursache irgendeines Kummers. Sie hatten auch nicht über Liebe gesprochen, das hatte sie ihm ausdrücklich—schon als sie mit ihm im Auto nach Hause fuhr—verboten. Nein, nein, es ging ihr gut, natürlich wäre sie lieber bei ihm und für immer oder wenigstens für lange mit ihm zusammen, am liebsten natürlich ewig, und sie werde sich Karneval über erholen und nie, nie wieder mit einem andern Mann als ihm tanzen und nie mehr anders als südamerikanisch, und nur mit ihm, und wie es denn dort sei. Er sei sehr gut untergebracht und sehr gut versorgt, und da sie ihm verboten habe, von Liebe zu sprechen, möchte er doch sagen, daß er sie sehr sehr sehr gern habe, und eines Tages—wann, das wisse er noch nicht, es könne Monate, aber auch ein Jahr oder zwei dauern—werde er sie holen, wohin, das wisse er noch nicht. Und so weiter, wie Leute, die große Zärtlichkeit füreinander haben, eben miteinander am Telefon plaudern. Keine Erwähnung von Intimitäten und schon gar kein Wort über jenen Vorgang, den Beizmenne (oder, was immer wahrscheinlicher scheint: Hach) so grob definiert hatte. Und so weiter. Was eben diese Art von Zärtlichkeitsempfinder sich zu sagen haben.

Wörter und Wendungen

gut untergebracht sein: gute Unterkunft haben
jemanden versorgen: jemanden verpflegen, mit allem Nötigen versehen

sie werde sich Karneval über erholen: d.h. sich vom Tanz und Trubel zurückziehen und sich während dieser Zeit ausruhen
der Zärtlichkeitsempfinder: jemand, der zärtliche Gefühle hat: ein von Heinrich Böll geprägtes Wort

---

Fragen zum Text

Antworten Sie mit indirekter Rede:

1. Was will Katharina während der Karnevalszeit machen?
   Sie versprach, ...
2. Will Katharina viel tanzen gehen?
   Sie versicherte, ...
3. Welche Frage stellte Katharina Ludwig?
   Sie wollte wissen, ob ....
4. Hat Ludwig ein gutes Versteck gefunden?
   Er versicherte ihr, ...
5. Hat Ludwig genug zu essen gefunden?
   Er bestätigte, ...
6. Warum sagt Ludwig nicht, daß er Katharina liebt?
   Er meinte, ...
7. Hat Ludwig Katharina sehr gern?
   Er beteuerte, ...
8. Welches Versprechen machte er Katharina für die Zukunft?
   Er versprach ihr, ...
9. Wann will Ludwig Katharina holen?
   Er erklärte, ...

Projekt

I. *Indirekte Rede—direkte Rede*
   1. Lösen Sie die indirekte Rede im Text 4 in ein direktes Gespräch auf. Führen Sie dieses Gespräch selbständig weiter.
   2. Warum benutzt Böll hier die indirekte Rede? Warum vermeidet er es außerdem, den Dialog ausführlich und vollständig zu beschreiben?
   †3. Untersuchen Sie genau, welche anderen Situationen im Roman KB durch die indirekte Rede dargestellt werden und welche Effekte damit erzielt werden!
II. *Beziehungen—Partnerbilder—Darstellungsweise*
   Auf welche Art und Weise wird die Beziehung Katharina—Götten in Text 4 beschrieben? Vergleichen Sie dies mit Text 2 (Ingrid und Co-Pilot): was wird dargestellt, was wird vom Autor weggelassen?

Text 5A: *Rainer Maria Rilke,* Die Stille
(ca. 1901—1902)

Text 5B: *Stefan George,* Du schlank und
rein wie eine flamme *(1918)*

DIE STILLE

Hörst du, Geliebte, ich hebe die Hände —
hörst du: es rauscht...
Welche Gebärde der Einsamen fände
sich nicht von vielen Dingen belauscht?
Hörst du, Geliebte, ich schließe die Lider,
und auch das ist Geräusch bis zu dir,
hörst du, Geliebte, ich hebe sie wieder...
... Aber warum bist du nicht hier.

Der Abdruck meiner kleinsten Bewegung
bleibt in der seidenen Stille sichtbar;
unvernichtbar drückt die geringste Erregung
in den gespannten Vorhang der Ferne sich ein.
Auf meinen Atemzügen heben und senken
die Sterne sich.
Zu meinen Lippen kommen die Düfte zur Tränke,
und ich erkenne die Handgelenke
entfernter Engel.
Nur die ich denke: Dich
seh ich nicht.

Du schlank und rein wie eine flamme ·
Du wie der morgen zart und licht ·
Du blühend reis vom edlen stamme ·
Du wie ein quell geheim und schlicht ·

Begleitest mich auf sonnigen matten ·
Umschauerst mich im abendrauch ·
Erleuchtest meinen weg im schatten ·
Du kühler wind du heisser hauch.

Du bist mein wunsch und mein gedanke ·
Ich atme dich mit jeder luft ·
Ich schlürfe dich mit jedem tranke ·
Ich küsse dich mit jedem duft.

Du blühend reis vom edlen stamme ·
Du wie ein quell geheim und schlicht ·
Du schlank und rein wie eine flamme ·
Du wie der morgen zart und licht.

13

Text 5C: *Bertold Brecht:* Sonett Nr. 19
(1941–1942)

SONETT NR. 19

Nur eines möcht ich nicht: daß du mich fliehst.
Ich will dich hören, selbst wenn du nur klagst.
Denn wenn du taub wärst, braucht ich, was du sagst
Und wenn du stumm wärst, braucht ich, was du siehst

Und wenn du blind wärst, möcht ich dich doch sehn.
Du bist mir beigesellt als meine Wacht:
Der lange Weg ist noch nicht halb verbracht
Bedenk das Dunkel, in dem wir noch stehn!

So gilt kein „Laß mich, denn ich bin verwundet!"
So gilt kein „Irgendwo" und nur ein „Hier"
Der Dienst wird nicht gestrichen, nur gestundet.

Du weißt es: wer gebraucht wird, ist nicht frei.
Ich aber brauche dich, wie's immer sei
Ich sage ich und könnt auch sagen wir.

Wörter und Wendungen

die Gebärde: Bewegung, Geste, die eine Empfindung ausdrückt

jemanden belauschen: jemandem heimlich zuhören

seiden: aus Seide, wie Seide

sich eindrücken: einen Eindruck hinterlassen

das Reis (poet.): junger Zweig

die Matte (poet.): Wiese

jdn. umschauern (poet.): jdn umgeben, jdn einhüllen; (*Abwandlung von:* Schauer=ehrfurchtsvolle Scheu, tiefe innere Bewegung)

der Abendrauch (poet.): von George geprägter Ausdruck für Abenddämmerung

schlürfen: *hier:* mit Andacht trinken

jdm. beigesellt sein: ein Begleiter für jemanden sein

stunden: Aufschub gewähren; (Bezahlung bzw. Gegenleistung für etwas nicht sofort verlangen, sondern verschieben)

Fragen zu den Gedichten

1. Was erfahren wir in jedem der drei Gedichte über den Sprecher des Gedichts, was über die angesprochene Person?
2. Inwiefern unterscheiden sich die in den drei Gedichten dargestellten Beziehungen?
3. Welches Gedicht spricht Sie am meisten an und warum?

Projekt

Die drei Liebesgedichte und Text 4 haben ein gemeinsames Thema, benutzen jedoch verschiedene sprachliche Formen, um es auszudrücken.

I. *Betrachten Sie die 3 Gedichte*
   1. Kann man die vorliegenden Gedichte auch als dialogisch bezeichnen?
   2. Was geschieht mit der angesprochenen Person: welcher Dichter läßt sie zu Wort kommen, bei welchem Dichter verschwindet sie völlig in der Subjektivität seiner Projektionen und Sehnsüchte?

3. Inwiefern werden die verschiedenen Inhalte der Gedichte durch verschiedene Sprachstile ausgedrückt?

II. *Vergleichen Sie die Gedichte mit Text 4*
   Was unterscheidet die poetische Sprache von der Umgangs- und Hochsprache im „normalen" Sprachgebrauch?

III. *Frauenbilder*
   1. Vergleichen Sie die verschiedenen Frauenbilder, die Ihnen bislang in den Texten und Gedichten vorgestellt wurden, und arbeiten Sie dabei heraus:
   (a) die Unterschiedlichkeit der Mittel
   (b) „   „   „ Perspektiven
   (c) „   „   „ Absichten
   (d) „   „   „ Funktionen
   innerhalb der Texte.
   2. Dehnen Sie ihre Analyse auf Texte von Popliedern ihrer Wahl aus!

Bild 1: *Werbebild*

...EINES IST GEWISSHEIT –

1. Schreiben Sie eine Geschichte, für die dieses Bild eine Illustration sein könnte.
2. Dieses Bild ist Teil einer Reklame. Überlegen Sie sich, was Ihrer Meinung nach durch das Bild verkauft werden soll, und schreiben Sie anschließend die Reklame dazu.

Bild 2: *Werbebild*

...EINES IST GEWISSHEIT – ES IST PLATIN...

Sie sehen eine Frau zum ersten Mal. Sie kennen sie nicht, und doch wissen Sie, wer sie ist. Sie trägt Platin.

Platin ist so unverwechselbar wie sein Besitzer. Platin ist das edelste der Edelmetalle. Wegen seines seltenen Vorkommens, seiner großen Widerstandsfähigkeit und des fast reinen Zustands, in dem es zu Schmuck verarbeitet wird (950 pro Tausend). Sein unvergleichlicher tiefschwarzer Glanz und die Gewißheit, daß seine Verarbeitung großes handwerkliches Können verlangt, macht Platin zum wertvollsten Träger einer charaktervollen Arbeit.

Zu wissen, es ist Platin...

Die Platin Gilde
Bockenheimer Landstraße 104
6000 Frankfurt (Main)
Tel. (06 11) 74 84 16

1. Welcher Typ Frau wird hier dargestellt? Erstellen Sie eine Liste von Attributen, die Sie mit diesem Frauentyp assoziieren.
2. Beschreiben Sie, was außer der Frau noch in dem Reklamebild gezeigt wird. Inwiefern ist es von Bedeutung? (Unterstützt es z.B. den Frauentyp, oder lenkt es eher von ihm ab; bildet es einen Kontrast usw.)
3. Welcher Effekt wird durch die leicht verzerrte Darstellung erzielt?
4. Warum wird Ihrer Meinung nach bei dieser Reklame für ein Edelmetall der Schmuck vorwiegend separat gezeigt. Warum trägt die Frau selbst nicht viel mehr davon?
5. Welche Verbindung besteht überhaupt zwischen Frau und Schmuck?
6. Lesen Sie den Werbetext. Was soll Ihrer Meinung nach durch die Behauptung suggeriert werden,

man wisse, *wer* die Frau sei, weil man Ihren Schmuck sieht. Nehmen Sie zu dieser Behauptung Stellung.
7. ,,edel", ,,rein", ,,charaktervoll", diese und ähnliche Attribute schreibt der Text dem Metall zu. Was wird damit beabsichtigt? Überlegen Sie sich, auf wen solche Ausdrücke normalerweise angewendet werden.
8. Wie stellen Sie sich zu der häufigen Behauptung von Werbefachleuten, die Werbung diene in erster Linie der Information des Kunden? Analysieren Sie die vorliegende Reklame unter diesem Gesichtspunkt.
9. Was macht diese Reklame Ihrer Meinung nach werbewirksam?
10. Welche Zielgruppe(n) soll(en) angesprochen werden?

Bild 3: *Werbebild*

Pirelli Breitreifen sind schön

1. Analysieren Sie dieses Werbebild unter denselben Gesichtspunkten wie Bild 2.
2. Warum wird bei dieser Reklame ein grundsätzlich verschiedener Frauentyp verwendet?

Bild 4: *Karikatur von Roland Topor*

Weiterführende Übung

1. Suchen Sie selbst Werbebilder, in denen Frauen bestimmte verkaufsfördernde Funktionen haben. Spezielle Produkte verlangen bestimmte „Images". Erstellen Sie verschiedene Kategorien. (z.B.: Typ jungvermählte Hausfrau; Typ Vamp usw.)
2. Führen Sie dasselbe für Männer in der Werbung durch.
3. Stellen Sie verschiedene Reklamebilder nach folgenden Gesichtspunkten zusammen:

	Frauenbilder	Männerbilder
Ziel-gruppe	Mann als Käufer	Frau als Käufer
	Frau als Käufer	Mann als Käufer

Welche Unterschiede lassen sich dabei feststellen?

Bild 5: *René Magritte, „L' évidence éternelle" (1930)*

Bild 4 und 5 sind in gewisser Weise ironische Kommentare zu Bild 3 (Pirelli Reifen).
1. Welche Klischees werden von Topor und Magritte aufgegriffen?
2. Welche unterschiedlichen Methoden benützen Künstler und Karikaturist, um Ihre Aussage deutlich zu machen?
3. Welche Funktion hat der Überraschungs-, bzw. der Schockeffekt?
4. Untersuchen Sie die Funktion der Ästhetik in allen 4 Bildern. Was macht Bild 4 „unästhetisch"? Warum ist es für die Absicht und Wirkung von Bild 4 notwendig, „unästhetisch" zu sein?

Anhang: Frauen in unserer Gesellschaft

Vorbemerkung

1. Was wird dargestellt?

Frauen in unserer Gesellschaft: die erste Einheit enthält eine Auswahl verschiedener Vorstellungen, wie sie uns täglich begegnen. Solche *Images* können nicht isoliert betrachtet werden. Sie sagen etwas aus über die Gesellschaft, in der sie entstanden und für die sie bestimmt sind; sie reflektieren die existierenden Wertsysteme, die Ängste, Wünsche und Glücksvorstellungen. Dabei reicht das Spektrum von der Identifizierung der Frau mit einem käuflichen Marktobjekt bis zur Kreation einer überhöhten Idealfigur.

2. Wie wird dargestellt?

Die formalen Unterschiede in den Darstellungsmethoden sind leicht zu erfassen: Gedicht oder Roman, Kurzgeschichte oder Werbeslogan, Kunst, Karikatur oder Werbebild. Wesentlich komplizierter ist es, zu untersuchen, auf welche Art und Weise die verschiedenen Texte und Bilder beim Leser ganz spezifische Reaktionen auslösen. Auch hier haben wir ein Spektrum von Möglichkeiten angeboten: bei einigen Materialien soll sich das Publikum zum Beispiel mit den dargestellten *Images* (den verbalen wie den visuellen) unkritisch identifizieren, andere Materialien appellieren dagegen an die Distanz und Kritikfähigkeit des Publikums.

3. Und warum?

Jeder Text erwartet eine bestimmte Reaktion vom Leser. Erfüllt der Leser oder Betrachter diese Erwartung, dann ist dieser Text „erfolgreich". Diese Erwartungen können sehr einseitig und begrenzt sein: so ist zum Beispiel das Ziel eines Werbebildes der Verkauf eines Produkts. Das *Image* hat hierbei also eine klar definierbare Funktion und Absicht. Bei anderen Texten läßt sich dies nur schwer umreißen: um zu sagen, was zum Beispiel ein Gedicht beim Leser erreichen will, bedarf es einer genauen Einfühlung und der Analyse seiner vielschichtigen Bilder. Die Aussage wird zu einem komplexen Ganzen, das Gedanken und Gefühle im Leser aktiviert, seine Sensibilität verändert. Mit der einseitigen Funktion eines Werbebildes oder eines Slogans hat dies nichts zu tun.

Problemstellung

1. Stellen Sie zusammen, welchen Frauenbildern Sie in den vorliegenden Materialien begegnet sind.
2. Analysieren Sie die Wertsysteme, die sie reflektieren. (z.B. die Vorstellungen von Armut und Luxus, von Liebe und Partnerschaft, von Freiheit und Abhängigkeit usw.)
3. Welche dieser Darstellungen erwarten vom Leser kritische Distanz? Mit welchen Mitteln wird diese Distanz erzeugt?
4. Welche Texte erwarten vom Leser Identifizierung? Was geschieht, wenn diese Identifizierung nicht stattfindet?
5. Gefallen Ihnen bestimmte Texte und mißfallen Ihnen andere? Inwiefern hängt Ihre Reaktion auf die Texte mit Ihren eigenen Ideen und Vorstellungen zusammen?
†6. Welche Mittel setzt Böll in seinem Roman ein, um Distanz zum Geschehen zu erzeugen? Welche Funktion hat vor allem der Erzähler in diesem Zusammenhang? Was wäre das Ergebnis, wenn Katharina ihre Geschichte selbst erzählen würde?
†7. Welche Folgen hätte es Ihrer Meinung nach, wenn anstelle der Erzählstruktur im Roman KB eine lineare, chronologische Handlung gezeigt würde, wie z.B. in der Umwandlung des Romans KB in den gleichnamigen Film?

Bilder und Interpretationen II:
NACHRICHTEN

1. Kapitel:	**Die Methoden der ZEITUNG**			**20–26**
Text 1	Böll: Katharina ist keine politische Person	*Interview*	Wortschatz; Nebensätze	**20**
Text 2	Zeitungsausschnitte (aus KB, Kapitel 22 und 23)	*Romanauszug*	Indirekte Frage; Stilübung; unpersönliche Ausdrücke; Nebensätze; Modalverben; Umformulierung der direkten Rede; Adjektive	**21**
Text 3	Die Reaktion der Bevölkerung (aus KB, Kapitel 34)	*Romanauszug*	Trennbare/fest zusammengesetzte Verben; Wortschatz	**25**
2. Kapitel:	**Objektiv oder subjektiv?**			**27–30**
Text 1	Böll: Lest mit äußerstem Mißtrauen Zeitungen	*Interview*		**27**
Text 2A	SZ-Leserschaft um 31 Prozent gestiegen	*Artikel*	Textanalyse und Vergleich; Stilübung; Wortschatz	**28**
Text 2B	F.A.Z.-Leser haben sich verjüngt	*Artikel*		**28**
3. Kapitel:	**Bild oder Zerrbild?**			**30–37**
Text 1	Böll: Erfahrungen mit der Presse	*Interview*		**30**
Text 2A	Ich träume jede Nacht von meinem toten Mann	*Artikel*	Text- und Stilanalyse; Vergeich	**31**
Text 2B	Böll zeige uns den Staat, in dem es mehr Freiheit gibt	*Artikel*		**31**
Bild 1	Hicks: Ansichten eines Clowns	*Karikatur*		**32**
Bild 2	Murschetz: Terroristenjagd	*Karikatur*		**32**
Bild 3	Geisen: Bundeskriminalamt?	*Karikatur*		**33**
Text 3	Titelseite der Bild-Zeitung	*Artikelsammlung*	Analyse mit Übungen	**34–35**
4. Kapitel:	**Spiegel oder Zerrspiegel?**			**38–46**
Text 1	Böll: Das Problem der manipulierten Information	*Interview*		**38**
Text 2	Frauen im Untergrund: „Etwas Irrationales"	*Artikel*	Stilanalyse; Registerübung; Wortschatz; Konjunktionen/Präpositionen	**39**
Text 3	Prof. Einsele: Die Täter leben in absoluter Inzucht	*Interview*	Textvergleich; Konjunktionen/Präpositionen; Modalverben; zusammengesetzte Substantive; Wortschatz; trennbare/fest zusammengesetzte Verben	**42**
Text 4	Enzensberger: Die Sprache des Spiegel (Ausschnitt)	*Analyse*	Adjektive (Endungen); Infinitiv-Konstruktionen; Relativsätze im Genitiv	**45**
Anhang:	**Der Entwicklungsweg einer Nachricht**			**47**
	Problemstellung		Projektarbeit	

I. Kapitel: Die Methoden der ZEITUNG

Text 1: *Katharina ist keine politische Person (Interview mit Heinrich Böll)*

Böll: Katharina Blum ist keine politische Person, sie ist keine Anarchistin, sie ist ein sehr braves, tüchtiges Mädchen, das voll, ganz voll im Wirtschaftswunderdenken verankert ist. Sie ist also eine tüchtige Konformistin—ob sympathisch oder nicht, das ist mir gleichgültig. Und diese Person, die völlig unpolitisch ist, wird durch einen Zufall (politisch, *d.V.*[1]); man kann sagen durch diese Liebesbeziehung zu dem jungen Mann, der auch kein Anarchist ist. Das wollen wir festhalten, das ist ein Deserteur, kein politisch Krimineller, sondern ein richtig Krimineller. Der hat da bei der Bundeswehr geklaut und Geld unterschlagen und versteckt sich. Beide (sind, *d.V.*) nicht politisch; die geraten in diese Abhörmaschine. Sie geraten in den Verdacht ... sie werden beide dem ganzen ungeheuer komplizierten Überwachungssystem ausgeliefert. Die junge Frau gerät in die Schlagzeilen, verstehen Sie, und wird eigentlich politisch, oder sagen wir ,bewußt' durch die Behandlung, die sie erfährt. Ich glaube nicht, daß man sie auch nur andeutungsweise als Anarchistin definieren kann. ... Mir lag viel mehr daran, das politische Bewußtwerden einer unpolitischen Person zu schildern, und auch wie jemand, der völlig unpolitisch ist und auch nicht politisch handelt, sondern sehr spontan handelt in punkto Liebesbeziehung zu dem Götten, plötzlich zu einer politischen Verbrecherin gestempelt werden kann.

(von Gerrit Bussink, Katholieke Radio Omroep, Hilversum.)

[1] d. V. = die Verfasser.

Fragen zum Text

Wie äußert sich Heinrich Böll zu den folgenden Fragen? Vervollständigen Sie die Sätze, indem Sie Bölls Äußerungen zusammenfassen:
Beispiel: Was für eine Person ist Katharina Blum?
Sie ist ein Mensch, der → völlig unpolitisch ist und durch einen Zufall politisch wird.
1. Was für eine Person ist Ludwig Götten?
Er ist ein Mensch, der ....
2. In was für einen Verdacht geraten Katharina und Ludwig?
Sie werden verdächtigt, ...
3. Wie gerät Katharina in diesen Verdacht?
Sie gerät deshalb in den Verdacht, weil sie ....
4. Was für Folgen hat dies für Katharina?
Das hat zur Folge, daß ....
5. Was will Böll in seiner Erzählung schildern?
Er will schildern, wie ....

†Diskussion

Nehmen Sie zu den obigen Äußerungen Bölls kritisch Stellung.
Zum Beispiel sagt Böll, daß Katharina voll im Wirtschaftswunderdenken verankert sei. Er nennt sie eine Konformistin.
Inwiefern können Sie dies auf Grund Ihrer Kenntnis des Romans bestätigen? Was spricht Ihrer Meinung nach gegen eine solche Charakterisierung Katharinas?

Aufsatz

Der obige Textausschnitt stammt aus einem Interview mit Heinrich Böll.
    Schreiben Sie eine kurze Pressenotiz für ein Zeitungsfeuilleton, in der Sie so knapp wie möglich die folgenden Informationen zusammenfassen:
1. Wer interviewt wen?
2. Ort des Interviews.
3. Inhalt des Gesprächs.

Übung zum Wortschatz

Welche Erklärung ist die richtige?
1. Was versteht man unter dem Wort *Abhörmaschine*?
   (a) Ein Gerät, mit dem man Herztöne abhört.
   (b) Eine perfekt geplante und durchgeführte Überwachung von Verdächtigen durch die Polizei.
   (c) Ein Hörgerät für Schwerhörige.
2. Jemand hat Geld *unterschlagen*. Was für ein Verbrechen hat er begangen?
   (a) Er hat sich heimlich fremdes Geld angeeignet.
   (b) Er hat jemandem mit Gewalt Geld entrissen.
   (c) Er hat heimlich Geldscheine gefälscht.
3. Katharina *wird zu einer Verbrecherin gestempelt*. Was geschieht mit ihr?
   (a) Sie wird wie eine Verbrecherin behandelt.
   (b) Ihr Personalausweis erhält den Aufdruck ,,vorbestraft''.
   (c) Ihre Fingerabdrücke werden in die Verbrecherkartei aufgenommen.
4. Katharina ist *im Wirtschaftswunderdenken verankert*. Was will Heinrich Böll damit zum Ausdruck bringen?
   (a) Sie ist sehr wohlhabend.
   (b) Sie ist sehr zielstrebig, fleißig und sparsam.

Zeitungsausschnitte (aus KB, Kapitel 22 und 23)

Text 2A:

„Der ZEITUNG, stets bemüht, Sie umfassend zu informieren, ist es gelungen, weitere Aussagen zu sammeln, die den Charakter der Blum und ihre undurchsichtige Vergangenheit beleuchten. Es gelang ZEITUNGS—Reportern, die schwerkranke Mutter der Blum ausfindig zu machen. Sie beklagte sich zunächst darüber, daß ihre Tochter sie seit langer Zeit nicht mehr besucht hat. Dann, mit den unumstößlichen Fakten konfrontiert, sagte sie: ‚So mußte es ja kommen, so mußte es ja enden.' Der ehemalige Ehemann, der biedere Textilarbeiter Wilhelm Brettloh, von dem die Blum wegen böswilligen Verlassens schuldig geschieden ist, gab der ZEITUNG noch bereitwilliger Auskunft. „Jetzt', sagte er, die Tränen mühsam zurückhaltend, ‚weiß ich endlich, warum sie mir tritschen gegangen ist. Warum sie mich sitzengelassen hat. DAS war's also, was da lief. Nun wird mir alles klar. Unser bescheidenes Glück genügte ihr nicht. Sie wollte hoch hinaus, und wie soll schon ein redlicher, bescheidener Arbeiter je zu einem Porsche kommen. Vielleicht (fügte er weise hinzu) können Sie den Lesern der ZEITUNG meinen Rat übermitteln: So müssen falsche Vorstellungen von Sozialismus ja enden. Ich frage Sie und Ihre Leser: Wie kommt ein Dienstmädchen an solche Reichtümer. Ehrlich erworben kann sie's ja nicht haben. Jetzt weiß ich, warum ich ihre Radikalität und Kirchenfeindlichkeit immer gefürchtet habe, und ich segne den Entschluß unseres Herrgotts, uns keine Kinder zu schenken. Und wenn ich dann noch erfahre, daß ihr die Zärtlichkeiten eines Mörders und Räubers lieber waren als meine unkomplizierte Zuneigung, dann ist auch dieses Kapitel geklärt. Und dennoch möchte ich ihr zurufen: meine kleine Katharina, wärst du doch bei mir geblieben. Auch wir hätten es im Laufe der Jahre zu Eigentum und einem Kleinwagen gebracht, einen Porsche hätte ich dir wohl nie bieten können, nur ein bescheidenes Glück, wie es ein redlicher Arbeitsmann zu bieten hat, der der Gewerkschaft mißtraut. Ach, Katharina.'"

Text 2B:

Fortsetzung von Seite 1:
„Der völlig gebrochene ehemalige Ehemann der Blum, den die ZEITUNG anläßlich einer Probe des Trommler- und Pfeiferkorps Gemmelsbroich aufsuchte, wandte sich ab, um seine Tränen zu verbergen. Auch die übrigen Vereinsmitglieder wandten sich, wie Altbauer Meffels es ausdrückte, mit Grausen von Katharina ab, die immer so seltsam gewesen sei und immer so prüde getan habe. Die harmlosen Karnevalsfreuden eines redlichen Arbeiters jedenfalls dürften getrübt sein."
Schließlich ein Foto von Blorna und Trude, im Garten am Swimming-pool. Unterschrift: „Welche Rolle spielt die Frau, die einmal als die ‚rote Trude' bekannt war, und ihr Mann, der sich gelegentlich als ‚links' bezeichnet. Hochbezahlter Industrieanwalt Dr. Blorna mit Frau Trude vor dem Swimming-pool der Luxusvilla."

Text 2C:

Unter der Überschrift: „Rentnerehepaar ist entsetzt, aber nicht überrascht", fand Blorna noch auf der letzten Seite eine rot angestrichene Spalte:
Der pensionierte Studiendirektor Dr. Berthold Hiepertz und Frau Erna Hiepertz zeigten sich entsetzt über die Aktivitäten der Blum, aber nicht „sonderlich überrascht". In Lemgo, wo eine Mitarbeiterin der ZEITUNG sie bei ihrer verheirateten Tochter, die dort ein Sanatorium leitet, aufsuchte, äußerte der Altphilologe und Historiker Hiepertz, bei dem die Blum seit 3 Jahren arbeitet: „Eine in jeder Beziehung radikale Person, die uns geschickt getäuscht hat."

(Hiepertz, mit dem Blorna später telefonierte, schwor, folgendes gesagt zu haben: „Wenn Katharina radikal ist, dann ist sie radikal hilfsbereit, planvoll und intelligent—ich müßte mich schon sehr in ihr getäuscht haben, und ich habe eine vierzigjährige Erfahrung als Pädagoge hinter mir und habe mich selten getäuscht.")

Text 2D:

Katharina auf der Titelseite. Riesenfoto, Riesenlettern.
RÄUBERLIEBCHEN KATHARINA BLUM VERWEIGERT AUSSAGE ÜBER HERRENBESUCHE. Der seit eineinhalb Jahren gesuchte Bandit und Mörder Ludwig Götten hätte gestern verhaftet werden können, hätte nicht seine Geliebte, die Hausangestellte Katharina Blum, seine Spuren verwischt und seine Flucht gedeckt. Die Polizei vermutet, daß die Blum schon seit längerer Zeit in die Verschwörung verwickelt ist. (Weiteres siehe auf der Rückseite unter dem Titel: HERRENBESUCHE.)

Dort auf der Rückseite las er dann, daß die ZEITUNG aus seiner Äußerung, Katharina sei klug und kühl, „eiskalt und berechnend" gemacht hatte und aus seiner generellen Äußerung über Kriminalität, daß sie „durchaus eines Verbrechens fähig sei".

Der Pfarrer von Gemmelbroich hatte ausgesagt: „Der traue ich alles zu. Der Vater war ein verkappter Kommunist und ihre Mutter, die ich aus Barmherzigkeit als Putzhilfe beschäftigte, hat Meßwein gestohlen und in der Sakristei mit ihren Liebhabern Orgien gefeiert."

„Die Blum erhielt seit zwei Jahren regelmäßig Herrenbesuch. War ihre Wohnung ein Konspirationszentrum, ein Bandentreff, ein Waffenumschlagplatz? Wie kam die erst siebenundzwanzigjährige Hausangestellte an eine Eigentumswohnung im Werte von schätzungsweise 110 000 Mark? War sie an der Beute aus den Bankrauben beteiligt? Polizei ermittelt weiter. Staatsanwaltschaft arbeitet auf Hochtouren. Morgen mehr. DIE ZEITUNG BLEIBT WIE IMMER AM BALL! Sämtliche Hintergrundinformationen in der morgigen Wochenendausgabe."

Text 2E:

MÖRDERBRAUT IMMER NOCH VERSTOCKT! KEIN HINWEIS AUF GÖTTENS VERBLEIB! POLIZEI IN GROSSALARM.

Wörter und Wendungen

Text 2A:

unumstößlich: nicht umzustoßen; endgültig; feststehend

wegen böswilligen Verlassens schuldig geschieden: nach dem damaligen Eherecht konnte ein Partner für schuldig befunden und geschieden werden, wenn er die Ehegemeinschaft ohne ‚triftige' Gründe verlassen hatte (vgl. neues Scheidungsrecht Einheit III, 4, Seite 62).

tritschen (ugs., regional): warum sie mich verlassen hat

was da lief (ugs.): was in Wirklichkeit passierte

hoch hinaus wollen: sehr ehrgeizig sein; (zu) hohe Ziele und Ansprüche haben

es zu etwas bringen: etwas im Leben erreichen

redlicher Arbeitsmann: ein ehrlicher, zuverlässiger Arbeiter

die Gewerkschaft: Vereinigung von Arbeitnehmern, um ihre Interessen zu schützen

Trommler- und Pfeiferkorps: Musikkapelle, in der getrommelt und auf Pfeifen gespielt wird, vgl. **Korps:** militärische oder paramilitärische Verbindung

Text 2B:

der Altbauer: ein Bauer, der seinen Besitz an den Nachfolger abgegeben hat, aber bestimmte Rechte (wie zum Beispiel Wohnrecht auf Lebenszeit) beibehalten hat.

getrübt: *hier:* vermindert.

Text 2C:

der Altphilologe: Spezialist für Latein und Griechisch

geschickt: schlau

der Pädagoge: *hier:* Lehrer

Text 2D:

decken: *hier:* wichtige Fakten verschweigen, um einen Kriminellen zu schützen

verkappt: versteckt, heimlich, vgl. **Kappe:** Kopfbedeckung

der Meßwein: Wein, mit dem der Priester die Messe (den katholischen Gottesdienst) zelebriert

der Bandentreff: Ort, an dem sich eine kriminelle Gruppe (eine **Bande**) trifft

der Waffenumschlagplatz: Ort, an dem Waffen neu verteilt werden

auf Hochtouren arbeiten: so gut und schnell wie möglich arbeiten

an etwas kommen: etwas (auf nicht ganz legalem Wege) erhalten

am Ball bleiben (ugs.): mit den neuesten Entwicklungen vertraut sein

Text 2E:

verstockt (abwertend): hartnäckig in einer gewissen Haltung verharren

---

Fragen in der ZEITUNG

Verwandeln Sie die folgenden Sätze in indirekte Fragen:

Beispiel: Wie konnte so etwas geschehen? Stimmt das auch? → Er fragt sich, wie so etwas geschehen konnte, und ob es auch stimmt.

A. Wilhelm Brettloh in der ZEITUNG:
1. Wie soll ein bescheidener Arbeiter zu einem Porsche kommen.
   Er fragt sich, ...
2. Wie kommt ein Dienstmädchen an solche Reichtümer?
   Er fragt sich, ...
B. Die ZEITUNG fragt ihre Leser:
3. Welche Rolle spielt die rote Trude in dieser Affäre?
   Sie fragt uns, ...
4. War Katharinas Wohnung ein Konspirations-zentrum?
   Sie fragt uns, ...
5. Wie kam die erst 27jährige Hausangestellte an eine wertvolle Eigentumswohnung?
   Sie fragt uns, ...
6. War Katharina an der Beute aus den Bankraub en beteiligt?
   Sie fragt uns, ...

*Fragen zum ZEITUNGS-Artikel A

Was sagt die ZEITUNG?
Beantworten Sie die Fragen zum ZEITUNGS-Artikel A, aber drücken Sie ihre Distanz zu den Behauptungen der ZEITUNG aus, z.B. durch das Modalverb „sollen" plus Infinitiv, durch indirekte Rede oder/und idiomatische Wendungen wie „angeblich" oder „laut ZEITUNGS-Artikel".

Beispiel: Im Artikel C steht folgendes Zitat des Historikers *Hiepertz:*
„Katharina ist eine radikale Person, die mich geschickt getäuscht hat".
Formulieren Sie um: → Der Historiker Hiepertz soll gesagt haben, Katharina sei eine radikale Person, die ihn geschickt getäuscht habe.

Fragen:
1. Was ist ZEITUNGS-Reportern gelungen?
2. Worüber beschwerte sich Katharinas Mutter?
3. Wie äußerte sie sich zu den Ereignissen?
4. Wie erklärt W. Brettloh, daß Katharina ihn verlassen hat?
5. Was rät er deshalb den Lesern der ZEITUNG?
6. Was hat W. Brettloh über Katharinas Reichtümer gesagt?

Projekt

Mit welchen Mitteln arbeitet die ZEITUNG?

1. Vergleichen Sie die verschiedenen Schlagzeilen über Katharina in den Zeitungsausschnitten und kommentieren Sie deren sprachliche Eskalierung.

†2. Fakten und Fiktionen: konfrontieren Sie die Tatsachen im Roman mit der Berichterstattung in der ZEITUNG. Untersuchen Sie anhand von Beispielen, auf welche Weise diese Tatsachen verfälscht und verzerrt werden (z.B. Bericht über Katharinas Mutter). Rekonstruieren Sie, soweit dies möglich ist, den wirklichen Tatbestand.

3. Die ZEITUNG ist ein tendenziöses Blatt. Sie gibt vor, faktisch und umfassend zu informieren (*Text 2A*) und allgemein-menschliche Werte zu vertreten; in Wirklichkeit ist sie aber eine kalkulierte Mischung aus Propaganda und Diffamierung. Die Meinung der Leserschaft soll beeinflußt oder gar kontrolliert werden. Analysieren Sie die Texte unter diesem Gesichtspunkt:

(a) Welche Ausdrücke sollen positive, welche sollen negative Emotionen wecken?
Beispiel:
Zitat: ,,Auch wir hätten es im Laufe der Jahre zu Eigentum und einem Kleinwagen gebracht, einen Porsche hätte ich Dir wohl nie bieten können, nur ein bescheidenes Glück, wie es ein redlicher Arbeitsmann zu bieten hat, der der Gewerkschaft mißtraut.'' (*Text 2A*)
Schema:

positiv	*negativ*
Kleinwagen	Porsche
bescheidenes Glück	
redlicher Arbeitsmann	Gewerkschaft

(b) Die ZEITUNG will durch Suggestion das Bewußtsein der Leser manipulieren. Ein Beispiel dafür ist die Suggestivfrage: ,,Wie kommt ein Dienstmädchen an solche Reichtümer?'' (*Text 2A*) Finden Sie weitere Beispiele!

Übungen zu Wortschatz und Grammatik

*1. Unpersönliche Ausdrücke

Gebrauchen Sie den passenden unpersönlichen Ausdruck und formulieren Sie die Sätze um:
Beispiel: Ich hätte die roten Blumen lieber als die gelben.
→ Die roten Blumen wären mir lieber als die gelben.

etwas gelingt mir; mir liegt etwas daran; etwas wird mir klar; etwas ist mir lieber als etwas anderes; etwas genügt mir;

1. Er schrieb einen sehr gelungenen Artikel.
2. Sie hat das Problem plötzlich erkannt.
3. Den Sommer habe ich lieber als den Winter.
4. Wir brauchen keine zusätzlichen Informationen.
5. Sie hatte großes Interesse an ihrer Wohnung.

*2. Lauter Unglück!

Verwandeln Sie die beiden Hauptsätze in die jeweils angegebenen Haupt- und Nebensätze:

Beispiel: Ich ärgere mich über meinen Freund. Er hat mich belogen.
(a) **Relativsatz**: Ich ärgere mich über meinen Freund, der mich belogen hat.
(b) **daß-Satz**: Ich ärgere mich darüber, daß mein Freund mich belogen hat.
(c) **weil-Satz**: Ich ärgere mich, weil mein Freund mich belogen hat.

1. Ich beklage mich über meinen Anwalt. Er hat mich betrogen.
   (a) **Relativsatz**
   (b) **weil-Satz**
   (c) **daß-Satz**

2. Wir wurden mit dem Problem nicht fertig. Wir wurden immer wieder mit demselben Problem konfrontiert.
   (a) **obwohl-Satz**
   (b) **Relativsatz**

3. Sie wendet sich von allen ihren alten Bekannten ab. Ihre Bekannten haben sie sehr gekränkt.
   (a) **Relativsatz**
   (b) **weil-Satz**

4. Sie bleibt bei ihrer Aussage. Der Angeklagte wird durch ihre Aussage schwer belastet.
   (a) **Relativsatz**
   (b) **so daß-Satz**

5. Er hat eine schwere Zeit hinter sich. In dieser Zeit war er lange krank.
   (a) **weil-Satz**
   (b) **Relativsatz**

6. In einer Bar kam es zu einer Schlägerei. Die Angeklagten hatten in der Bar je 5 Maß Bier getrunken.
   (a) **Relativsatz**
   (b) **nachdem-Satz**

7. Er geriet in eine ausweglose Situation. Er leistete vor Gericht einen Meineid.
   (a) **weil-Satz**
   (b) **so daß-Satz**

8. Die Polizei ermittelt gegen alle Verwandten des jungen Mannes. Ein junger Mann ist Opfer eines Mörders geworden.
   (a) **als-Satz**
   (b) **Relativsatz.**

3. Ein Reporter hat Pech

Ersetzen Sie die schräggedruckten Ausdrücke durch Verben. Untersuchen Sie auch die Wahl und Bedeutung der Modalverben:

Beispiel:

Reporter: „Wenn ich Ihnen eine indiskrete *Frage stellen*[1] dürfte: Warum hat Ihre Frau Sie verlassen?"

Herr Y: „Ja, Sie dürfen mich ruhig *fragen*[1], aber ich weiß nicht, was ich dazu sagen soll.

Herr Y: „Ich kann Ihnen darauf keine genaue *Antwort geben*[2]."

Reporter: „Sie brauchen nicht direkt zu ....[2]; aber vielleicht könnten Sie doch einige *Vermutungen äußern*[3]?"

Herr Y: „Ich ....[3], daß ihr mein Lebensstil zu langweilig war, und daß sie vielleicht Abenteuer suchte — aber ich möchte keine falschen *Behauptungen aufstellen*[4]."

Reporter: „Oh, ich glaube gar nicht, daß Sie etwas Falsches ....[4]; Ich habe nämlich durch gewisse Freunde *in Erfahrung bringen*[5] können, daß sie jetzt in linken Kreisen verkehrt."

Herr Y: „Ich fürchte, ich verstehe Sie nicht ganz, was soll das denn mit Abenteuerlust zu tun haben? Und wie ist es Ihnen gelungen, all das zu ....[5]?"

Reporter: „Ach bitte, ich möchte nicht, daß Sie sich jetzt aufregen. Vielleicht sollte ich Ihnen das gar nicht anvertrauen. Die Polizei hat *Ermittlungen angestellt*[6] —

Herr Y: „Jetzt muß ich Sie aber doch unterbrechen: gegen wen wurde ....[6] und warum? Was wollen Sie eigentlich von mir?"

Reporter: „Eigentlich wollte ich Ihnen nur unser *Bedauern ausdrücken*[7] —

Herr Y: „Sie brauchen mich nicht zu ....[7]!"

Reporter: „ —und Ihnen den *Rat geben*[8] —"

Herr Y: „Den können Sie sich ersparen! Und jetzt will ich Ihnen ....[8], auf dem schnellsten Weg zu verschwinden!!"

4. Umformulierung der direkten Rede

Formen Sie die direkte Rede um, und benutzen Sie dabei folgende Verben:

---

erfahren ausdrücken zugeben verweigern
raten beklagen vermuten bezeichnen bitten
fragen gestehen

Beispiel: „Ich habe den Diebstahl begangen."
→ Er *gestand* den Diebstahl

1. „Das ist meiner Meinung nach Unsinn."
   Er .... das als Unsinn.
2. „Ich nehme an, daß es sich um eine Verschwörung handelt."
   Er .... eine Verschwörung.
3. „Man hat mir die Wahrheit mitgeteilt."
   Er .... die Wahrheit.
4. „Ich finde den Vorfall sehr bedauerlich."
   Er .... den Vorfall.
5. „Haben Sie bitte Feuer?"
   Er .... um Feuer.
6. „Wo wohnst du?"
   Er .... ihn nach seiner Adresse.
7. „Am besten, Sie gehen nach Hause."
   Er .... ihm, nach Hause zu gehen.
8. „Ich möchte jetzt nicht antworten.'
   Er .... die Antwort.
9. „Ich bin schuldig."
   Er .... seine Schuld ....
10. „Ich mache mir Sorgen."
    Er .... seine Besorgnis ....

5. Adjektive

Finden Sie die entsprechenden Adjektive mit der negativen Bedeutung:

---

eiskalt berüchtigt prüde verstockt
ehrgeizig berechnend radikal

---

1. Er weiß, er muß in dieser Situation *verschwiegen* sein, auf die Polizei aber wirkt er ....
2. Seine Freunde halten ihn für *klug*, seine Feinde jedoch finden ihn ....
3. Er wirkt *kühl*, aber das bedeutet noch lange nicht, daß er .... ist.
4. Er rächt sich dafür, daß sie so *zurückhaltend* ist, und nennt sie deshalb ....
5. Ihre Lehrer halten sie für *fleißig*, ihre Mitschüler aber finden sie ....
6. Sie findet sich *konsequent* und *ehrlich*, andere halten sie für ....
7. Er ist wegen seiner Extravaganzen mehr als nur *bekannt*, er ist geradezu ....

Es war nicht alles anonym. Ein nicht anonymer Brief—der umfangreichste—kam von einem Unternehmen, das sich *Intim-Versandhaus* nannte und ihr alle möglichen Sex-Artikel anbot. Das war für Katharinas Gemüt schon ziemlich starker Tobak, schlimmer noch, daß jemand handschriftlich dazugeschrieben hatte: „*Das* sind die wahren Zärtlichkeiten".

Um es kurz, oder noch besser: statistisch zu machen: von den weiteren achtzehn Briefschaften waren

sieben anonyme Postkarten, handschriftlich mit „derben" sexuellen Offerten, die alle irgendwie das Wort „Kommunistensau" verwendet hatten

vier weitere anonyme Postkarten enthielten politische Beschimpfungen ohne sexuelle Offerten. Es ging von „roter Wühlmaus" his „Kreml-Tante"

fünf Briefe enthielten Ausschnitte aus der ZEITUNG, die zum größeren Teil, etwa drei bis vier—mit roter Tinte am Rand kommentiert waren, u. a. folgenden Inhalts: „Was Stalin nicht geschafft hat, Du wirst es auch nicht schaffen"

zwei Briefe enthielten religiöse Ermahnungen, in beiden Fällen auf beigelegte Traktate geschrieben „Du mußt wieder beten lernen, armes, verlorenes Kind" und „knie nieder und bekenne, Gott hat dich noch nicht aufgegeben".

Und erst in diesem Augenblick entdeckte Else W. einen unter die Tür geschobenen Zettel, den sie zum Glück tatsächlich vor Katharina verbergen konnte: „Warum machst du keinen Gebrauch von meinem Zärtlichkeitskatalog? Muß ich dich zu deinem Glück zwingen? Dein Nachbar, den du so schnöde abgewiesen hast. Ich warne dich." Das war in Druckschrift geschrieben, an der Else W. akademische, wenn nicht ärztliche Bildung zu erkennen glaubte.

Epigraph zum Roman KB

Heinrich Böll:
Die verlorene Ehre der Katharina Blum oder: Wie Gewalt entstehen und wohin sie führen kann.

Wörter und Wendungen
starker Tobak (ugs.): zu viel
Briefschaften (Pl.): Sammelbegriff für Briefe, Karten etc., Korrespondenz
derb: grob; ohne jede Rücksicht
rote Wühlmaus (fig./abw.): eine Kommunistin, die die Gesellschaftsordnung untergräbt

---

Aufsatz
zu Text 3:
Schreiben Sie je einen Artikel über Art und Inhalt der Post, die Katharina erhielt:
1. Einen knappen, rein informativen Artikel für eine seriöse Zeitung.
2. Einen reißerischen Artikel für eine Boulevardzeitung.

†Diskussion
„Wie Gewalt entstehen und wohin sie führen kann":
Gewalt kann sich auf vielfältige Art manifestieren: sie kann offen oder versteckt, physisch oder psychologisch, legitim oder als Verbrechen ausgeübt werden.
Untersuchen Sie sämtliche im Roman vorkommenden Personen und Gruppen (Polizei, Reporter, ZEITUNG, Blorna, Else Woltersheim usw.) unter diesem Aspekt.

Projekt

Zu den Texten 2 (Zeitungsauszüge) und *3 (Reaktion der Bevölkerung):*
1. Die Post, die Katharina bekommt, enthält vorwiegend politische und sexuelle Beleidigungen. Untersuchen Sie die Briefe genauer nach diesen Gesichtspunkten.
2. Stellen Sie genaue inhaltliche Bezüge zu den ZEITUNGS-Artikeln her (siehe auch Projekt zu den Texten 2, besonders Aufgabe 3). Welche Behauptungen und Andeutungen über Katharinas Person und Lebenswandel suggerieren ein Bild von ihr, wie es sich in den Briefen wiederspiegelt.
3. Wie verhält es sich mit Katharinas politischem Engagement in Wirklichkeit (siehe auch Diskussionsthema zu *Text 1*)?

Übungen zu Wortschatz und Grammatik

6. Trennbare oder fest zusammengesetzte Verben?

Setzen Sie das passende Verb ein:
1. *(anbieten/verbieten)* Ihr wurde eine sehr gute Stellung .... Die Demonstration war von der Polizei .... worden.
2. *(dazuschreiben/verschreiben)* Der Arzt hat ihr ein Rezept gegen Schlaflosigkeit .... Ich hatte keine Zeit, einen persönlichen Kommentar ....
3. *(abwenden/verwenden)* Er hat in seinem Aufsatz viele Fachausdrücke .... Er hat sich voller Abscheu ....
4. *(vorhalten/enthalten)* Ihr wurde ...., sie sei prüde. Die Flasche hat hochprozentigen Alkohol ... .
5. *(beilegen/verlegen)* Weißt du, wo mein Einkaufszettel ist? Ich muß ihn .... haben. Dem Brief waren einige Fotos ....
6. *(bergen/verbergen)* Lange Zeit hat sie ihr Geheimnis .... Die Verunglückten wurden vom Roten Kreuz ....

7. Setzen Sie das richtige Verb in der passenden Infinitivform ein:

Beispiel: *(vortäuschen/enttäuschen)* Ich hoffe, dich nicht allzusehr *zu enttäuschen.* Er hatte den Plan, einen Unfall *vorzutäuschen.*
1. *(aufgeben/ergeben)* Ich habe versucht, das Trinken ... . Die Rebellen waren endlich bereit, sich dem Gegner ....
2. *(aufdecken/entdecken)* Die Wissenschaftler hatten die Hoffnung, einen neuen Planeten .... Die Polizei bemühte sich, die Verschwörung ....
3. *(abweisen/beweisen)* Sie hatte guten Grund, den Detektiv an der Haustür .... Der Rechtsanwalt versuchte, die Unschuld seiner Klientin ....
4. *(anerkennen/erkennen)* Er weigert sich, den Status quo .... Das Foto soll mir helfen, meine Brieffreundin auf dem Bahnsteig sofort ....
5. *(abhalten/erhalten)* Sie streitet ab, regelmäßig Herrenbesuch .... Ich habe vor, ein Seminar über Brecht ....
6. *(abwickeln/verwickeln)* Ich hoffe, meine Geschäfte möglichst schnell .... können. Es gelang mir, sie in ein längeres Gespräch ....

8. Ein Streit hat zwei Seiten

Setzen Sie den passenden Ausdruck ein:
Beispiel: „Du willst zu hoch hinaus!" —„Nein, aber ich will es zu etwas bringen!"

beobachten	vergessen	es zu etwas bringen
einfältig	hören	Spießbürger weggehen

1. „Du hast die ganze Geschichte verdrängt!" „Ganz und gar nicht! Ich habe sie einfach ...."
2. „Du hast mich bei der Party richtiggehend überwacht!" —„Stimmt nicht! Ich habe dich ...."
3. „Du hast meine Gespräche belauscht!" —„Daß ich nicht lache! Ich habe sie zufällig ...."
4. „Und jetzt willst du mich verlassen!" —„Übertreibe nicht! Ich will nur für ein paar Wochen ...."
5. „Ich bin ein biederer Mensch!" —„Jawohl, das bist du! Und ein .... obendrein!"
6. „Ich habe ein einfaches Gemüt!" —„Im Moment würde ich dich eher als .... bezeichnen!"

2. Kapitel: Objektiv oder subjektiv?

Text 1: *Lest mit äußerstem Mißtrauen Zeitungen (Interview mit Heinrich Böll)*

Frage: Ist denn letzten Endes die verlorene Ehre der Katharina Blum so etwas wie eine Moritat, kräftiger Stoff aus dem Leben; dazu ein schönes, unschuldiges, anständiges Opfer; wie ist die Moral?

Böll: Die Moral in diesem Falle wäre: lest mit äußerstem Mißtrauen Zeitungen, alle. Wenn man der Gegenstand der Presse ist, wird man immer mißtrauischer. Nicht nur, was die eigene Person betrifft, sondern auch, was andere mitteilen. Ich lese sehr viel Zeitungen, manchmal 4 oder 5 verschiedene an einem Tag und vergleiche immer. Ich stelle mir vor, ich wäre nur der Leser einer Zeitung. Ich wäre verloren. Auch eine weitere Moral wäre: Glaubt nicht an die Unfehlbarkeit der Zeitung, die ja immer unterstellt wird. Wenn Sie mal dahintergucken, sagen alle Leute „Das stand aber in der Zeitung" und halten das für einen Wahrheitsbeweis. Das wäre meine Moral: Mißtrauisch sein; und wenn man zum Opfer wird, nicht nur bloß Gegenstand (bleiben, *d.V.*), sich wehren dagegen; wie, weiß ich nicht. Diese junge Dame wählt diesen Weg, den ich nicht empfehlen kann, aber es gibt andere Möglichkeiten, sich zu wehren und die Unfehlbarkeit der Zeitungen permanent in Frage zu stellen. Das wäre meine Moral.

(von Dieter Zilligen, Norddeutscher Rundfunk.)

Wörter und Wendungen

die Moritat: eine schauerliche Geschichte mit didaktischer Absicht, die ursprünglich in Liedform vorgetragen wurde

die Unfehlbarkeit: Irrtumslosigkeit
etwas unterstellen: etwas als wahr annehmen

Fragen zum Text

1. Was bezeichnet Böll als die Moral seines Romans?
2. Unter welchen Umständen wird man Zeitungsberichten gegenüber mißtrauisch?
3. Wie liest Böll Zeitung?
4. Was, meint Böll, würde geschehen, wenn er nur eine Zeitung läse?
5. Was sollte man laut Böll immer wieder in Frage stellen?
6. Was meint Böll damit, wenn er von der „Unfehlbarkeit" der Presse spricht?
7. Was soll man nach Bölls Meinung tun, wenn man einer Pressekampagne zum Opfer fällt?

Diskussion

1. Böll sagt, er könne den Weg, den Katharina einschlägt, nicht empfehlen, und daß es andere Möglichkeiten gäbe, sich zu wehren. Was meint er damit?
2. Diskutieren Sie darüber, was man in Katharinas (oder einer ähnlichen) Situation tun könnte, um sein Recht gegen eine verleumderische Pressekampagne zu verteidigen. Welche Erfolgsaussichten hätte man Ihrer Meinung nach?
*3. Welche Rückschlüsse ergeben sich daraus für die Frage der Pressefreiheit?† Wie stellen Sie sich zu den Äußerungen der Staatsanwälte Hach und Korten im Roman (Kapitel 27 und 28).

Katharina wehrt sich

Text 2A: *Zeitungsartikel* (Süddeutsche Zeitung (SZ))

SZ-Leserschaft um 31 Prozent gestiegen

Schon 920 000 Leser/Überregional hohes Wachstum in Großstädten/Als Werbeträger beliebt

München *(SZ)—Die* Süddeutsche Zeitung *hat im Vergleich zu den beiden anderen überregionalen meinungsbildenden Zeitungen* Frankfurter Allgemeine *und* Die Welt *binnen Jahresfrist nach Zahl und Struktur die meisten Leser gewonnen und damit ihre Spitzenstellung weiter ausgebaut. Dies geht aus der soeben veröffentlichten Media-Analyse 1978 hervor, die sich auf eine regelmäßige Befragung durch mehrere Marktforschungsinstitute stützt. Basis der Befragung waren 17 200 Interviews, repräsentativ für 45,73 (i. V. 44,38) Mill. Bundesbürger und Westberliner im Alter von über 14 Jahren, wobei heuer der Zuwachs der Jahrgänge zwischen 14 und 29 Jahren berücksichtigt wurde.*

Die Leserschaft—nicht identisch mit der Auflage—der SZ in den Großstadtregionen mit mehr als 500 000 Einwohnern ist der Untersuchung zufolge um 60 000 oder 14% gestiegen und hat dort die der FAZ und der Welt deutlich übertroffen. Insgesamt hat die Zahl der SZ-Leser die ungewöhnlich hohe Zuwachsrate von 31% (von 700 000 auf 920 000) erreicht. Zwar ist nach der Analyse die SZ-Leserschaft in überregionalen Teilbereichen geringfügig um 20 000 zurückgegangen, dagegen in den Hauptverbreitungsgebieten Bayern und Baden-Württemberg um 240 000 oder 43% gestiegen.

Mehr Führungskräfte als Leser

Bei den auch für die Werbeträger besonders interessanten Strukturmerkmalen hat die SZ überdurchschnittliche Zuwachsraten erzielt: 29% mehr männliche Leser wurden registriert, die Zahl der Leser aus Haushalten mit mehr als 3000 DM Nettoeinkommen monatlich stieg um 73%, die aus Führungskräfteberufen um 39%, diejenige aus den Schichten mit hoher Schul-oder Berufsausbildung um 33%. Damit hat die SZ unter den gleichfalls untersuchten meinungsbildenden Wirtschaftszeitungen und Magazinen den größten Zugewinn erzielt.

Differenzierte Entwicklung

Die Gesamtentwicklung der drei überregionalen Zeitungen im Jahresdurchschnitt war sehr uneinheitlich. So hat die *FAZ* zwar 20 000 Leser gewonnen; der Zuwachs von 2% blieb aber hinter der erweiterten Befragungsbasis von 3% zurück, so daß sich insgesamt eine Stagnation feststellen läßt. Unverändert 670 000 Leser oder zwei Drittel der FAZ-Leser entfallen auf das Hauptverbreitungsgebiet Hessen, Rheinland-Pfalz und Saarland. Leichten Verlusten in Norddeutschland und Berlin stehen 40 000 neue FAZ-Leser in Bayern gegenüber.—Die Zahl der *Welt*-Leser ist insgesamt trotz der Basisanhebung um 40 000 auf 650 000 zurückgegangen, vor allem durch Einbußen in Norddeutschland (60 000). Dem stehen je 10 000 neugewonnene Welt-Leser in Berlin und den vorrangig von der FAZ belegten Regionen Hessen und Rheinland-Pfalz gegenüber. Trotz der um 3% erweiterten Basis hat die *Welt* absolut 6% Leser verloren, relativ also rund 10% ihrer gesamten Leserschaft.

Text 2B: *Zeitungsartikel* (Frankfurter Allgemeine Zeitung (F.A.Z.))

Die F.A.Z.-Leser haben sich verjüngt

Führende Position behauptet/Über eine Million Leser

Do. FRANKFURT, 21. Juli. Die „Frankfurter Allgemeine Zeitung" hat ihre führende Stellung unter den überregionalen Abonnementszeitungen erfolgreich verteidigt. Wie sich aus der Media-Analyse 1978, die soeben veröffentlicht worden ist, ergibt, hat die F.A.Z. 20 000 Leser hinzugewonnen. Insgesamt beträgt die Leserschaft jetzt 1 040 000, was eine Reichweite von 2,3 Prozent—bezogen auf die Gesamtbevölkerung—ergibt. „Die Welt" hat, wie die neuesten Zahlen zeigen, 40 000 Leser verloren. Die Leserschaft der „Welt" ist auf 660 000, die Reichweite von 1,6 auf 1,4 Prozent gesunken.

Der Gewinner, rein quantitativ gesehen, ist die „Süddeutsche Zeitung". Diese Zeitung hat 220 000 neue Leser hinzugewonnen. Die Leserschaft der „Süddeutschen Zeitung" beträgt jetzt

920 000, die Reichweite dementsprechend 2,0 Prozent. Allerdings geht aus den Zahlen deutlich hervor, daß die „Süddeutsche Zeitung" ihren Zuwachs vor allem den Bayern verdankt; sie hat sich weiter regionalisiert. In den Bundesländern Schleswig-Holstein, Hamburg und Saarland sind durch die Media-Analyse für die „Süddeutsche Zeitung" keine Leser mehr ermittelt worden. Außerdem hat die „Süddeutsche Zeitung" in Nordrhein-Westfalen, in Hessen, in Rheinland-Pfalz und Berlin Leser verloren; lediglich in Niedersachsen/Bremen, in Baden/ Württemberg und in Bayern hat sich ihre Reichweite erhöht. Allein in Bayern beträgt der Anteil 79 Prozent (1977: 72 Prozent).

Für die „Frankfurter Allgemeine Zeitung" hat sich eine Abschwächung

in Schleswig-Holstein und Hamburg, in Berlin, in Hessen und in Nordrhein-Westfalen ergeben. In den übrigen Bundesländern hat sich die Reichweite stabilisiert oder erhöht.

In der Altersstruktur zeigt sich für die „Frankfurter Allgemeine Zeitung" ein deutlicher Zuwachs in den Gruppen vierzehn bis neunzehn und zwanzig bis neunundzwanzig Jahre. Diese Altersgruppen haben bisher 29 Prozent der Leserschaft ausgemacht, nach der neuen Leseranalyse stellten diese Gruppen 33 Prozent. Es ist anzunehmen, daß sich diese jungen Leser aus der Gruppe der Abiturienten und Studenten rekrutieren. Der Anteil der Leser, die als Ausbildung „Abitur/Hochschule/Uni" angeben, hat sich von 35 auf 41 Prozent (430 000 Leser) erhöht.

Wörter und Wendungen

Text 2A

überregional: im Gegensatz zu regional; nicht nur auf ein Gebiet beschränkt

der Werbeträger: eine Zeitung oder ein anderes Medium, wo Werbung für bestimmte Produkte erscheint

das Marktforschungsinstitut: ein Institut, das die Gründe untersucht, warum zum Beispiel bestimmte Produkte erfolgreich sind und andere nicht

die Media-Analyse: (abgekürzt MA) eine Untersuchung der Massenmedien

i.V. = im Vorjahr

die Befragungsbasis: der repräsentative Querschnitt der Bevölkerung, der bei der Meinungsumfrage befragt wurde (Spezialausdruck aus der Soziologie)

die Basisanhebung: eine Vergrößerung des repräsentativen Querschnitts (Spezialausdruck aus der Soziologie)

Text 2B

die Abonnementszeitung: im Gegensatz zu den ausschließlich auf der Straße verkauften sogenannten „Boulevardzeitungen": Zeitungen, die vorwiegend ins Haus geliefert werden; d.h. sie haben eine gleichbleibende Leserschaft, die einen monatlichen oder jährlichen Festpreis bezahlt

sich aus einer Gruppe rekrutieren: sich zusammensetzen aus

Projekt

I.
Die beiden Artikel aus der *SZ* und der *F.A.Z.* behandeln zwar das gleiche Thema, berichten aber über verschiedene Aspekte.

1. Identifizieren Sie alle Informationen im *SZ*-Artikel, die ein positives Bild von der Zeitung abgeben.
   Beispiel:
   (a) die *SZ*-Leserschaft ist um 31% gestiegen.
   (b) die *SZ* hat innerhalb eines Jahres mehr Leser gewonnen als die *F.A.Z.* und die *Welt*.
2. Führen Sie die gleiche Übung für die *F.A.Z.* durch.
   Beispiel:
   (a) die *F.A.Z.*-Leser haben sich verjüngt.
   (b) die *F.A.Z.* hat ihre Spitzenstellung verteidigt.
3. Erscheinen die gleichen oder ähnliche Informationen auch im Bericht der anderen Zeitung? Welche Informationen werden jeweils ausgelassen?
*4. Stellen Sie, wo möglich, die Parallelaussagen der beiden Artikel gegenüber. Analysieren Sie diese Aussagen nach folgenden Gesichtspunkten:
   (a) Wo und in welchem Zusammenhang erscheinen die Informationen?
   (b) Inwiefern sind die Informationen verschieden ausgedrückt?
   (c) Inwiefern werden unser Verständnis und unsere Bewertung der Informationen davon beeinflußt, wie sie ausgedrückt sind und in welchem Zusammenhang sie erscheinen? Ist der Gesamteindruck, den der Leser von Artikel A und B erhält, identisch?

II.
*1. Wie alle anspruchsvollen Zeitungen erheben auch die *SZ* und die *F.A.Z.* den Anspruch, ihre Leser objektiv zu informieren. Inwiefern ist bei der Berichterstattung über die *MA 78* dieser Anspruch gerechtfertigt, inwiefern ist er es nur bedingt oder gar nicht?
*2. Schreiben Sie einen Artikel für die dritte, in beiden Artikeln erwähnte überregionale Tageszeitung, die *Welt*, in dem Sie die Ihnen bekannten Informationen aus den beiden anderen Artikeln so positiv wie möglich für die *Welt* und so negativ wie möglich für die beiden anderen Zeitungen darstellen.
*3. Schreiben Sie einen Artikel, in dem Sie so objektiv wie möglich über die Ergebnisse der *MA 78* berichten.

III.
Vergleichen Sie Artikel zum gleichen Thema aus zwei oder mehreren Tageszeitungen ihres Landes unter ähnlichen Gesichtspunkten wie in Teil I.
Themenvorschläge:
1. Ergebnisse einer Meinungsumfrage über den Ausgang einer Wahl.
2. Rede eines Finanzministers zum Staatshaushalt.
3. Zusammenstoß verschiedener politischer Gruppen bei einer Demonstration.
4. Verabschiedung eines neuen Gesetzes im Parlament gegen den Willen der Opposition.

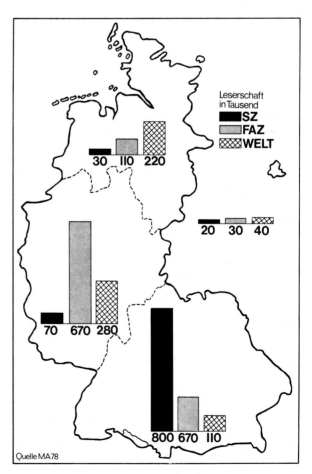

Graphik: *Media Analyse (MA) 1978*

29

Übungen zum Wortschatz

1. Was ist mit der Leserschaft dieser Zeitungen geschehen?

Eine Tatsache kann neutral, positiv oder negativ dargestellt werden.
Finden Sie aus den Sätzen (a) und (b) die positive bzw. negative Formulierung heraus:

Beispiel: Die Leserschaft der Zeitung B hat sich verkleinert. → *neutral*
(a) Sie hat sich geringfügig verkleinert. → *positiv*
(b) Sie hat sich erheblich verkleinert. → *negativ*

---

1. Die Leserschaft der Zeitung A ist gleich geblieben.
   (a) Sie hat stagniert.
   (b) Sie hat sich stabilisiert.
2. Die Position der Zeitung hat sich nicht verändert.
   (a) Die Zeitung hat ihre Position erfolgreich verteidigt.
   (b) Sie hat ihre Position gerade noch gehalten.
3. Die Auflage der Zeitung C hat sich um 5% erhöht.
   (a) Sie hat sich lediglich um 5% erhöht.
   (b) Sie hat sich um einen wesentlichen Prozentsatz erhöht.
4. Die Zeitung D wird von ca. 1 Million Menschen gelesen.
   (a) Sie hat nur 1 Million Leser.
   (b) Sie hat schon 1 Million Leser.

2. Redakteur und Leser sind verschiedener Meinung.

Setzen Sie das passende Wort ein:
1. (sachlich/trocken)
   Der Redakteur findet die Leitartikel seiner Zeitung ausgesprochen ....
   Wir dagegen finden sie zu ....
2. (oberflächlich/unterhaltsam)
   Er sagt, sein Feuilleton sei doch wirklich ....
   Unserer Meinung nach ist es aber einfach zu ....
3. (lustig/albern)
   Besonders die letzte Seite hält er für sehr ....
   und dabei ist sie doch so ....
4. (negativ/kritisch)
   Die Kommentare sind .... Das meint er.
   Uns sind sie zu ....
5. (einseitig/engagiert)
   Seiner Meinung nach nahm die Zeitung vor der Wahl .... Stellung.
   Uns war das alles viel zu ....
6. (meinungsbildend/propagandistisch)
   Er beschreibt sein Zeitung als ....
   Wir finden sie ....
7. (beeinflußbar/aufgeschlossen)
   Seine Leser, so behaupter er, seien ....
   Wir jedoch sagen, sie sind leicht ....
8. (anspruchsvoll/elitär)
   Anschließend sagt er: ,,Meine Zeitung ist für den .... Leser gedacht.''
   Unser Urteil lautet: zu ....

---

3. Kapitel: Bild oder Zerrbild?

Text 1: *Erfahrungen mit der Presse (Interview mit Heinrich Böll)*

Frage: Sie haben da selber auch so Ihre Erfahrungen mit der Springer-Presse. Können Sie darüber was sagen? ...
Böll: ... Ich habe einen Artikel im *Spiegel* geschrieben darüber[1], der hat die Gemüter zum Kochen gebracht. Ich wußte, was ich tat ... ich war auch gar nicht überrascht über die Reaktion der Springer-Presse. Ich weiß ja, wie die ist, und weiß auch, mit welchen Leuten, mit welchen Denunzianten ich da zu tun habe. Das ist gar nicht das Interessante. Interessant und bösartig wurde die Sache, weil man gleichzeitig mir vorwarf, ich täte nichts für meine sowjetischen Kollegen. Man hat also so argumentiert: hier verteidigt er die Ulrike Meinhof—die ich übrigens auch weiter verteidigen würde, das möchte ich betonen, in ihrem intellektuellen Ursprung und auch in ihrer Entwicklung— und dann tut er nichts für seine sowjetischen Kollegen.

Das war insofern bösartig und lebensgefährlich, weil ich nicht replizieren konnte. Ich konnte nicht sagen: nun, ich bin in Moskau gewesen und habe das und das zu tun versucht, weil ich dann wieder Leute in Moskau in Gefahr gebracht hätte. Diese bösartige demagogische Vermischung von zwei völlig verschiedenen Problemen war wirklich gefährlich und die werde ich diesen Leuten nie verzeihen: ... sie haben einen Presseapparat, ich glaube 40% der deutschen Presse, und ich habe eine Schreibmaschine und ein Telefon; das muß man mal vergleichen.
(von Gerrit Bussink, Katholieke Radio Omroep, Hilversum.)

[1] Böll bezieht sich auf den Artikel ,,Will Ulrike Meinhof Gnade oder freies Geleit?'' abgedruckt in: *Freies Geleit für Ulrike Meinhof*, pocket 36, Kiepenheuer & Witsch 1972.

Wörter und Wendungen
die Gemüter zum Kochen bringen: Emotionen aufwühlen
der Denunziant: *hier:* jemand, der den Ruf eines anderen durch Verleumdungen schwer schädigt
der Presseapparat *(fig.):* Gesamtheit aller für die Presse verwendeten Hilfsmittel und Personen

Fragen zum Interview
1. Über welche Erlebnisse soll Böll berichten?
2. Worüber hat Böll einen *Spiegel*-Artikel geschrieben?
3. Weshalb hat er sich über die Reaktion der Springer-Presse nicht gewundert?
4. Welche Argumente der Springer-Presse kritisiert Böll besonders stark?
5. Wieso findet Böll diese Argumentation so gefährlich und hinterhältig?
6. Wie hoch, glaubt Böll, ist der prozentuale Anteil der Springer-Presse an der deutschen Presse insgesamt?

Ich träume jede Nacht von meinem toten Mann

Bei der heftigen Debatte, ob die Baader/Meinhof-Bande den Polizisten in Kaiserslautern ermordete, sind das Mordopfer und seine Familie völlig vergessen worden

Von WERNER KIRCHNER

Weilerbach bei Kaiserslautern, 17.1.

Sie heißt Inge Schoner und ist die Frau des Polizisten, der zwei Tage vor Heiligabend bei dem Bankraub in Kaiserslautern erschossen wurde. Wenn sie schlafen will, greift sie zur Schlaftablette. Wenn sie das Haus verlassen will, greift sie schutzsuchend nach dem Arm ihres Schwagers. Ohne ihn geht sie nicht fort. Weil ihr anonyme Anrufer gedroht haben, wagt sich Inge Schoner nur noch am Nachmittag aus ihrer Wohnung – wenn sie sich von ihrem Schwager im Auto schnell zum Friedhof fahren läßt.

Seit ihr Mann erschossen wurde, ist für sie kein Tag mehr, wie er früher war. Für sie gibt es keine Nacht mehr, in der nicht irgendein Traum daran erinnert, wie es war, als ihr Mann zum Dienst ging und zwei Stunden später erschossen wurde. Und sie träumt fast jede Nacht von ihrer Ehe mit ihm.

So erlebt sie im Traum noch einmal den Tag der Hochzeit 1962.

So erlebt sie im Traum noch einmal den letzten Urlaub in Spanien.

So träumt sie noch einmal das Richtfest, das sie gefeiert haben.

„Hier erinnert mich alles an ihn", sagt sie über das Haus, das sie in neun Jahren Ehe gebaut haben.

Dann geht sie in dem 30 Quadratmeter großen Wohnzimmer auf und ab:

„Da liegen noch seine Pfeifen, da steht noch der Sessel, in dem er immer gelesen hat, und da sind seine Lieblingsbücher". Von Simmel „Alle Menschen werden Brüder" und „Jenseits der Gesetze" von Frank Arnau.

Auch sie lebt in einem Jenseits, in einem irdischen Jenseits. Ihr Gesicht ist von unwirklicher Blässe, ihre Stimme versagt oft:

„Da, auf der Terrasse ..."

Dann ein Weinen, dann ein Versuch den Satz zu Ende zu bringen: „Da auf der Terrasse hat er sich immer gesonnt."

Inge Schoner sagt: „Alles wäre für mich einfacher gewesen, wenn er natürlich gestorben wäre, wie andere Männer. Aber der Tod kam so plötzlich, daß er so wehrlos war."

Inge Schoner: „Anfangs habe ich den Mördern den gleichen Tod gewünscht. Jetzt sind sie mir gleichgültig. Ich muß weiterleben ohne Haß"

Wie sie weiterlebt?

● Sie lebt von 560 Mark Witwenpension monatlich plus zweimal 50 Mark Kindergeld für den neunjährigen Helmut und die sechsjährige Christine.

● Sie lebt mit dem Gedanken, daß ihr Mann noch nachträglich zum Hauptwachtmeister befördert wird.

● Und sie lebt mit der Hoffnung, daß sie in einem Jahr ihre Trauer mit weniger Verzweiflung und mehr Gefaßtheit tragen kann.

Und sie denkt an den 18. Vers des 145. Psalms, den der Pfarrer zur Hochzeit und zur Beerdigung verlesen hat: „Der Herr ist nahe allen, die ihn anrufen. Allen, die ihn mit Ernst anrufen."

„ Böll zeige uns den Staat, in dem es mehr Freiheit gibt"

Fünf Politiker und ein Schriftsteller antworten Heinrich Böll

Haßerfüllt hatte der Schriftsteller Heinrich Böll auf eine Meldung der BILD-Zeitung reagiert, daß die Baader-Meinhof-Bande neben vielen anderen Verbrechen auch den Polizistenmord in Kaiserslautern verübt habe. Am gleichen Tag, als Bölls pöbelhafter Angriff im „Spiegel" erschien, sagte er in der Fernsehsendung „Panorama" zu dem Terror-Urteil (12 Jahre) gegen den sowjetischen Schriftsteller Wladimir Bukowski, er müsse darüber nachdenken, ob er dagegen protestieren wolle. Am Wochenende haben viele Politiker und der Schriftsteller Hans Habe zu Böll Stellung genommen.

Jürgen Echternach und Wulf Schönbohm von der Jungen Union in einem offenen Brief an Böll:

„Tatsache ist, daß es erstmalig in der Geschichte der Bundesrepublik einer bewaffneten Bande durch die Herausstellung politischer Motive gelungen ist, monatelang im Untergrund zu arbeiten, Unterschlupf bei rechtschaffenen Bürgern zu finden und für ihre kriminellen Handlungen partielles Verständnis, wie zum Beispiel bei Ihnen, Herr Böll, zu finden ... In diesen Tagen, in denen wir uns empören über die brutalen Urteile gegen kritische Schriftsteller in der Sowjetunion, sollten wir nicht vergessen, daß unser demokratischer Staat kein so starkes Fundament besitzt, um den permanenten Angriffen von allen Seiten gewachsen zu sein."

Der berühmte Schriftsteller Hans Habe in der WELT am SONNTAG:

„Böll, eine Mischung Albert Schweitzer, Schwejk und Fritz Teufel, spielt teils die Rolle des Biedermanns, teils des Brandstifters ... Er vertritt die Freiheit der Terroristin Meinhof. Die Freiheit des Intellektuellen Bukowski vertritt er nicht.

Tritt man aber für den gewaltlosen Schriftsteller ein, nennt man die Bullen-Mörder beim Namen, dann ist das, nach Böll, nicht mehr faschistoid, das ist nackter Faschismus. Nicht Faschismus ist es dagegen, wenn Böll in seinem Spiegel-Ausbruch an drei Stellen dem politischen Gegner Axel Springer und dessen Helfershelfer den Tod wünscht ..."

Die WELT fragte Politiker nach ihren Meinungen zu Böll.

Der Ministerpräsident von Baden-Württemberg, Filbinger:

Böll möge uns die staatliche Ordnung zeigen, in der es mehr persönliche Freiheit gibt als bei uns. Der hier vorhandene Freiheitsspielraum kann für alle nur erhalten werden, wenn es einzelnen, wie Ulrike Meinhof, verwehrt wird, die freiheitlich-demokratische Grundordnung zu beseitigen."

Bayerns Innenminister Merk:

„Was die (von Böll aufgeworfene) Frage des freien Geleits zu einem Prozeß in voller Öffentlichkeit betrifft, so brauchen sich die Mitglieder der Bande nur bei der nächsten Polizeidienststelle zu melden ... Im freiheitlichen Rechtsstaat sichern Polizei und Justiz Freistätten für Mörder. Da werden sie nämlich davor geschützt, etwa von den Angehörigen der Ermordeten umgebracht zu werden."

Hessens Justizminister Hemfler:

„Mit welchem Recht sollen diese sechs Menschen (gemeint Kern der Baader-Meinhof-Bande) besser behandelt werden als jeder andere, der ein Verbrechen begangen hat."

Wörter und Wendungen

Text 2A
das Jenseits: Reich der Toten
im irdischen Jenseits: *metaphorisch:* in einer Welt, in der alles wie tot ist

Text 2B
pöbelhaft (abw.): gemein, niedrig
ein offener Brief: in einer Zeitung veröffentlichter Brief an einen Prominenten
der Unterschlupf: Schutz, Zuflucht; *hier:* vor der Polizei
Bullen (Pl. fig. abw.): Polizisten (hier als ironisches Zitat)
faschistoid: dem Faschismus ähnlich
der Freiheitsspielraum: der Bereich, in dem man in Freiheit leben kann

Aufsatz

Zum Interview (Text 1) und Text 2B:
Welche Aspekte des Böll-Interviews beziehen sich direkt auf den Artikel 2B? Erklären Sie den Zusammenhang.

Analyse

Zum Text 2A:
Der Text hat die Absicht, die Emotionen des Lesers zu steigern, z.B. durch die Wiederholung bestimmter Wörter und Strukturen. Untersuchen Sie die Methoden, die verwendet werden, um eine solche Gefühlsintensivierung zu erreichen.
Beispiel: Wenn sie schlafen will ....
Wenn sie das Haus verlassen will ....

Bild 1: *Karikatur von Hicks* (Die Welt)

Analyse und Vergleich

Zu Text 2 A und B und zu Bild 1:
Die Gegenüberstellung der beiden Artikel 2A und 2B auf derselben Seite der BILD-Zeitung und einige der Hinweise im Artikel 2B suggerieren einen bestimmten Zusammenhang zwischen Heinrich Böll, dem Polizistenmord von Kaiserslautern und der Baader/Meinhof-Gruppe. Der gleiche Zusammenhang kommt auf satirische Weise auch in der Karikatur aus dem Springer-Blatt *Die Welt* zum Ausdruck. Analysieren Sie Karikatur und Artikel im Hinblick auf diese Verbindung.
Arbeitsanleitung:
Was drückt die Karikatur aus?
1. Warum ist Heinrich Böll als Clown verkleidet?
2. *Ansichten eines Clowns* ist der Titel eines Böll-Romans. Was ist hier damit gemeint?
3. Warum trägt Böll Ulrike Meinhof auf seinem Knie?
4. Was ist der Zusammenhang zwischen dem erschossenen Polizisten auf der linken Seite und Böll und Meinhof auf der rechten Seite der Karikatur? Inwiefern wird ein solcher Zusammenhang auch durch die beiden BILD-Artikel suggeriert?

Bild 2: *Karikatur von Murschetz* (Süddeutsche Zeitung)

Terroristenjagd

Bild 3: *Karikatur von Hans Geisen (Baseler Zeitung)*

„Bundeskriminalamt? Hier interessiert sich einer für Böll!"

Fragen zu den politischen Karikaturen

1. Erklären Sie die Bedeutung der folgenden Sprichwörter:
   (a) Hochmut kommt vor dem Fall.
   (b) Wer andern eine Grube gräbt, fällt selbst hinein.
   (c) Wer im Glashaus sitzt, soll nicht mit Steinen werfen.
   (d) Lieber den Spatz in der Hand als die Taube auf dem Dach.
2. Eines dieser Sprichwörter paßt zu einer der politischen Karikaturen. Finden Sie Sprichwort und Karikatur!
3. Welche Bedeutung hat das Sprichwort für die Karikatur? Was will der Zeichner mit der Karikatur zum Ausdruck bringen?
4. Vergleichen Sie Bild 1 und 3. Beide beziehen sich auf Heinrich Böll, die beiden Zeichner haben jedoch entgegengesetzte Standpunkte und verfolgen mit ihrer Darstellungsweise unterschiedliche Absichten. Untersuchen Sie die Bedeutung der beiden Karikaturen daraufhin: Gegen wen richtet sich Bild 1, was kritisiert Bild 3?

Wörter und Wendungen zu Text 3:
Titelseite der Bild-Zeitung (S. 34/35)

die Lebensmittelkarte: für Zeiten einer Versorgungskrise herausgegebene Scheine zur Rationierung von Lebensmitteln
der Einberufungsbefehl: offizielle Nachricht, daß man als Soldat zur Bundeswehr eingezogen wird
Turbo-: durch Turbinen angetrieben
der Lader: *technischer Spezialausdruck für:* Einrichtung an Verbrennungsmotoren zum Vorverdichten der Luft

der Hubraum: *technischer Spezialausdruck für:* Raum im Zylinder von Verbrennungsmotoren
die Sonder-Sicherheitsstufe: bei besonders großer Bedrohung eingeleiteter Einsatz einer Polizeitruppe
die GSG 9 Truppe: Spezialtruppe der Polizei gegen Terroristen
„Helden von Mogadischu": Ausdruck bezieht sich auf die Geiselbefreiung auf dem Flughafen der Hauptstadt von Somalia, Mogadischu, bei der diese Spezialtruppe eingesetzt wurde (von der BILD-Zeitung selbst geprägter Ausdruck)
die Schaumkanone: schaumsprühendes Gerät

Heute nach oben gucken: Mond finster

dpa. München, 14. September
Heute totale Mondfinsternis! Um 18.20 Uhr beginnt sich der Erdschatten über den Mod zu schieben, um 20.04 Uhr verschwindet er völlig. Um 20.44 Uhr ist alles vorbei.

Aus 46: Astrid Proll

Brustkrebs
Maos Witwe tot

ap./rb. Hongkong, 16. September

Sie war eine der mächtigsten Frauen dieses Jahrhunderts, seit zwei Jahren war sie Gefangene, jetzt ist sie tot: **Die Mao-Witwe Tschiang-Tsching (64), Chefin der "Vierer-Bande": Brustkrebs (Weiter Seite 2)**

Aus Liebe zu Anne

Mark wird Reitlehrer

Lesen Sie den Bericht auf Seite 3

Trauer um Messerschmitt §?

Club: 3 Riesen gegen Kaiserslautern

Der 1. FC Nürnberg will Tabellenführer Kaiserslautern mit eigenen Waffen schlagen: Trainer der Abwehr stehen jetzt nur noch seinen Kern baute die Mannschaft um — in Riesen (Durchschnittsgröße 1,84 m). Daran soll Lauterns Parade-Sturm scheitern. **Bericht auf Seite 7**

Razzia in London

Terror-Mädchen

Proll gefaßt!

Samstag, 16. Sept. 1978 – 30 Pf ★★★★
Nr. 216/37 • DRUCK IN MÜNCHEN • C 21039 A

Bild

UNABHÄNGIG·ÜBERPARTEILICH

34

Foto: PETER TIMM

Marsmenschen? Hamburger Feuerwehrmänner in Asbest-Anzügen mit Schaum-Kanone! Alles für Assad.

Mars-Menschen schützten Assad

ute. Hamburg, 16. September

Sonder-Sicherheitsstufe 1a beim Besuch des syrischen Staatspräsidenten Assad in Hamburg! 4000 Mann, darunter die GSG-9-Truppe ("Helden von Mogadischu") waren zu seinem Schutz angetreten. Das gab's nicht. "Prinz Hamlet" fuhr nicht.

Beschneew-Besuch! Grund: Attentats-Drohungen? Zwei Hubschrauber umkreisten die ganze Tage der ganze Stadt: und sicherten die Wege des Staatsgastes. Der Hafen war während einer Hafenrundfahrt für drei Stunden gesperrt. Sogar eine Fahrschiff...

Super-Diesel von BMW: Mit Turbo und 110 PS

ld. München, 16.9. lindermotor mit Turbolader, 2,3 Liter Hubraum. Wie bei Mercedes wird der Motor vorerst nur nach Amerika geliefert. Deutsche Kunden müssen bis 1980 warten. Wenn mit rund 140 PS.

Der erste Turbodiesel ist von BMW schon fertig. Im nächsten Monat wird ein Diesel mit 110 PS in der 500er-Baureihe vorgestellt. Technische Daten: Sechszylinder, zwei neue Motoren sind fertig, es bringt BMW in Österreich noch zwei weitere Diesel: einen 1,8-Liter-Vierzylinder mit etwa 60 PS und einen 3-Liter-Sechszylinder.

---

sad. London, 16. September

Überrascht hob sie die Hände — es war die Mitbegründerin der Baader/Meinhof-Bande, Astrid Proll (31).

Scotland-Yard-Detektive stürmten gestern mittag mit gezückten Pistolen in eine Londoner Autowerkstatt. Blitzschnell stürzten sie sich auf eine junge Frau im blauen Overall und drängten sie an die Wand.

Als die Beamten das Terror-Mädchen zu einem vergitterten Polizeiwagen führten, rief sie den Arbeitern in der Werkstatt...

zu: "Good bye! Ich sehe euch nicht wieder."

Astrid Proll, seit vier Jahren auf der Flucht, arbeitete in der Werkstatt unter dem Namen "Anna Puttick" als Kfz-Mechanikerin und Lehrlingsausbilderin. **(Weiter auf der letzten Seite.)**

Für Brot, Butter: In Deutschland gibt's Lebensmittel-Karten

rv. Bonn, 16. September

Die Bundesregierung ließ Lebensmittelkarten drucken und an einem geheimen Ort lagern. Im Krisen- oder Verteidigungsfall sollen die Karten für Brot, Fleisch, Butter und andere Lebensmittel an die 24 Millionen Haushalte ausgegeben werden.

12 deutsche Hotels sind Weltklasse

sad. New York, 16. September

Zwölf deutsche Hotels gehören zu den 300 besten der Welt! So der Journalist René Lecler in einem Taschenbuch (Hearst-Verlag, New York). Das weiße Hamburger "Atlantic" wird beispielsweise als "ruhig und elegant" eingestuft, das "Vier Jahreszeiten" hat Stil und Eleganz." Vom Kempinski in Berlin schwärmt er: "Sein Schwimmbad ist eins der besten Europas."

Hohes Alter ist erblich

dpa. München, 16. Sept.

Länger leben ist erblich! Professor Ranke aus dem Kongreß der Gesellschaft für Altersforschung in Hamburg: Untersuchungen ergaben, daß von 356 Hundertjährigen 231 aus Familien stammen, deren Vorfahren über 100 Jahre alt wurden. Die meisten hatten übrigens Untergewicht und mußten einmal schwer arbeiten.

In Janies Maschen bleiben Männer hängen

Die schlanke Janie im Selbstgehäkelten — zum Verlieben (zumal sie mit Nachnamen Love heißt). Und die Löcher an den Kurven ganz schön weit sind, in denen sich auch mal der englische Tennisspieler John Lloyd verfangen — und wieder gelöst. Jetzt häkelt Janie weiter. Einmal hat sie mit dieser Masche ja schon Erfolg gehabt.

Foto: George Richardson

Nachrichten

Kein Baby-Gift
München — Die Untersuchung von mehr als 500.000 Dosen "Milumil"-Kindernahrung ist beendet: kein Gift!

"Freiwillige" vor
Berlin — "Freiwillige" arbeiten sollen alle "DDR"-Bürger am letzten Oktober-Samstag. Anlaß: der 30. Jahrestag der "DDR"-Gründung im Oktober 1979.

Teure Ölpest
Paris — Rund 600 Millionen Mark Schadensersatz will Frankreich von der Eigentümer des gestrandeten Tankers "Amoco Cadiz", der vor der Bretagne eine Ölpest verursachte.

Am 16. März zerbrach die "Amoco Cadiz"

Trauriger Sonntag
Bonn — Einen "autofreien Sonntag" am Volkstrauertag schlägt die SPD-Bundestagsabgeordnete Liesel Hartenstein (Baden-Württemberg) vor.

Ofen aus
Salzgitter — Die bundeseigenen Salzgitter-Werke wollen ihr Hochofenwerk in Lübeck-Herrenwyk stilllegen. Entlassen wird keiner.

Liebe Post
Bonn — 85 Prozent aller Bürger glauben, daß Briefe und Pakete besser durch die staatliche Post als durch private Unternehmen befördert werden — Umfrage der Post.

Lehrer-Streß
Stuttgart — Ein Lehrer muß im Schnitt in jeder Unterrichtsstunde 200 Entscheidungen treffen und 15 erzieherische Konflikte durchstehen, ergaben Untersuchungen in Baden-Württemberg.

Sibirische A-Bombe
Uppsala — Die Sowjets haben in West-Sibirien eine Atombombe gezündet — unterirdisch.

Unser TV-Tip
Samstag: **"Madame Rosa"**, Spielfilm mit Simone Signoret, 20.15 Uhr, ZDF.
Sonntag: **"Der kleinste Rebell"**, Spielfilm mit Shirley Temple, 15.45 Uhr, ZDF.
TV-Programm Seite 2.

Rache! Apels Reifen zerstochen

Täter ein Bauer ● Grund: Sein Sohn sollte zur Bundeswehr

dw. München, 16. September

Weil Bauernsohn Johann (24) aus Oberbayern zur Bundeswehr muß, hat sein Vater die Reifen des Dienstmercedes von Verteidigungsminister Apel zerstochen.

Bauer Hans Berger (37), "Ohne Johann..." von Erding bei München. "Ich habe seinen Fahrer ins Gespräch verwickelt und dann schnell in den rechten vorderen Reifen gestochen." Zweimal wurde er freigestellt. Jetzt kam der Einberufungsbefehl zum 2. 10." Bauer Berger kaufte deshalb ein Taschenmesser für 17,50 Mark und ging zur Wahlkundgebung mit Apel auf dem Marktplatz in Erding bei München. Berger wurde vorübergehend festgenommen und bekam eine Anzeige.

Das Phänomen BILD: eine Analyse mit Übungen

Fast ein Viertel der Zeitungsleser in der Bundesrepublik liest täglich *Bild*. Wie läßt sich der Massenerfolg dieser Zeitung erklären?

Einige Gründe liegen auf der Hand: *Bild* ist billiger als die meisten anderen Zeitungen, sie ist so aufgemacht, daß man den Inhalt schnell und mühelos überfliegen kann, und sie wird wirkungsvoll in allen verkaufsstrategisch wichtigen Situationen angeboten; also überall da, wo Menschen keine Zeit oder Lust haben oder zu müde sind, sich mit komplexeren Inhalten auseinanderzusetzen. Sei es auf Bahnhöfen, vor Fabriktoren, in Einkaufszentren, bei Sportveranstaltungen: „*Bild* ist immer dabei" (*Bild*-eigener Werbeslogan).

Ist *Bild* also Begleiter, Anwalt, Ratgeber und Sprachrohr des einfachen Mannes auf der Straße? Dazu ein Zitat aus der hauseigenen Analyse der *Bild-Zeitung*:

„Das Verlangen vieler BILD-Leser nach einer geordneten, durchschaubaren und begreifbaren Welt—einer Welt, die man in BILD sucht und findet—beinhaltet auch Angst vor dieser—ohne Hilfe zumeist nicht verstehbaren Welt. Diese Ängste der Leser fängt BILD auf verschiedene Weisen auf. ... Dank ihrer Autorität nimmt die Zeitung dem Leser das Ordnen, Sichten und Bewerten der Ereignisse, welche die gegenwärtige Welt repräsentieren, ab. Indem die BILD-Zeitung dem Leser eine bereits geordnete und kommentierte Sammlung dessen, was in der Welt vor sich geht, liefert—und dies in Kürze, Prägnanz, Bestimmtheit—gibt sie die beruhigende Gewißheit, daß man dieser Welt doch begegnen und sie fassen kann."

Analyse

Wodurch werden Ängste im Leser geweckt, wie werden diese Ängste aufgehoben? Die Aufhebung der Ängste kann entweder im Artikel selbst erfolgen (siehe Beispiele 1, 3, 4, 5) oder aber auch durch einen Kontrastartikel (siehe Beispiele 2,5). Untersuchen Sie die erste Seite der *Bild-Zeitung* nach folgendem Schema:

Beispiel: Überbegriff: Lebensstandard — Not und Luxus

Artikel:
1. *Für Brot und Butter: In Deutschland gibt's Lebensmittelkarten.*
2. *Deutsche Hotels sind Weltklasse*
3. *Ofen aus*
4. *Teure Ölpest*
5. *Trauriger Sonntag*
6. *Super-Diesel von BMW*

Artikel	Angst und Beunruhigung	Aufhebung der Angst	„heile Welt"
1. Brot ...	Lebensmittelkarten—die Möglichkeit eines Krisen- oder Kriegsfalls wird heraufbeschworen → Not (Erinnerung an Kriegszeiten!)	Die Bundesregierung sorgt vor	
2. Dt. Hotels ...		Die BRD kann sich Stil, Eleganz, Luxus leisten	BRD=Wohlstandsgesellschaft → keine Not
3. Ofen aus ...	Stillegung Zeichen einer Wirtschaftskrise? Möglichkeit der Arbeitslosigkeit	Keiner wird entlassen	Wohlstand und Fürsorge in der BRD
4. Ölpest ...	Katastrophen in Industriegesellschaft möglich		Geld kann den Schaden ersetzen
5. Trauriger Sonntag ...	autofreier Sonntag—erinnert an die Energiekrise. Ein Sonntag ohne Auto ist traurig. (Vorschlag kommt von der SPD!)	autofrei nicht aus wirtschaftlichen, sondern aus moralischen Gründen: „Volkstrauertag"	
6. Super-Diesel		In der BRD gibt es technologisch höchstentwickelte Autos	Uns geht's gut: Fortschritt

Projekt I

Analysieren Sie die folgenden Artikel bzw. Überschriften nach demselben Schema:

A. Überbegriff: Krankheit und Tod
1. *Brustkrebs. Maos Witwe tot.*
2. *Hohes Alter ist erblich.*
3. *Kein Baby-Gift*

B. Überbegriff: Politische Ordnung
1. *Razzia in London.*
2. *Mars-Menschen schützten Assad*
3. *Sibirische A-Bombe*

C. Überbegriff: Frauen in der Öffentlichkeit
1. *Terror Mädchen Proll*
2. *In Janies Maschen*

Fortsetzung der Analyse

Wie aber sieht diese „Orientierungshilfe" aus?
Die herkömmlichen Sparten Politik, Wirtschaft, Kultur, Sport, Regionales und Lokales werden vermischt. Die Informationen selbst sind vereinfacht und erläutern weder Gründe noch Hintergründe eines Geschehens. Statt eines kritischen Überblicks erhält der Leser ein emotionsgeladenes, moralisierendes Weltbild; die Welt soll aus der Sicht der *Bild-Zeitung* gesehen und beurteilt werden:

„BILD verkörpert für den Leser eine Instanz, die dafür sorgt, daß alles mit rechten Dingen zugeht. [...] In diesem Sinne ist BILD Berichter und Richter zugleich.
[...]
Die Attraktivität der Zeitung BILD ist ungeheuer groß: man braucht diese Zeitung, ihre Reize, ihre Anregungen, ihre Provokationen und ihren Schutz. Man wehrt sich gleichzeitig gegen die Abhängigkeit von dieser Zeitung, man kritisiert sie, man verwirft sie, man lehnt sie ab. Man erliegt am Schluß doch dem ‚Faszinativum BILD', man kann eben ohne diese Zeitung nicht auskommen—man muß BILD lesen!"
(aus einer hauseigenen Springer-Analyse der BILD-Zeitung)

Projekt 2

Nehmen Sie zu dieser Analyse Stellung:

I. Stellen Sie ein Schema der Themen auf der Titelseite der *Bild-Zeitung* auf, und zeigen Sie, welche Sparten nebeneinanderstehen bzw. vermischt werden.

Beispiel:

→„Brustkrebs..."
China
Krankheit und Tod einer wichtigen politischen Persönlichkeit

→„Aus Liebe zu Anne..."
England
Romantische Geschichte aus dem englischen Königshaus

→„Club: 3 Riesen..."
Deutschland
Fußball
Körpergröße der Spieler

II. Wieviel konkrete Informationen enthalten die jeweiligen Artikel? Wo werden wichtige Informationen ausgelassen? Untersuchen Sie die folgenden (Teil-)Artikel nach diesen Gesichtspunkten:

1. „Mars-Menschen schützten Assad"
2. „Terror Mädchen Proll gefaßt"
3. „In Deutschland gibt's Lebensmittelkarten"

Beispiel:

→Informationen in „Mars-Menschen..":
1. Sonder-Sicherheitsstufe
2. Größe: 4000 Mann
3. Attentatsdrohung
Setzen Sie die Aufzählung fort..

→Fehlende Informationen:
1. Zweck des Besuchs von Assad.
2. Wieso könnte der Besuch des syrischen Staatspräsidenten Attentatsdrohungen auslösen?
3. Welche Gruppen in der BRD sind Syrien feindlich gesinnt und warum?
Setzen sie fort...

III. Was für optische und emotionale Signale erhält der Leser von der ersten *Bild*-Seite?

1. Gradieren Sie den Informationswert der einzelnen Artikel. Welche Nachrichten würden Ihrer Meinung nach auch auf der ersten Seite einer seriösen Zeitung erscheinen? Welche Nachrichten würden von einer seriösen Zeitung überhaupt nicht aufgegriffen?
2. Wie werden soziale Widersprüche dargestellt? (z.B. bei „Ann und Mark" oder bei „Rache! Apels Reifen zerstochen.")
3. Äußern Sie sich zu der Behauptung, daß die Welt vereinfacht dargestellt wird!
4. Was halten Sie von *Bilds* eigenem Anspruch, „Berichter und Richter zugleich" zu sein? Halten Sie dies für ein legitimes Anliegen einer Zeitung?
5. Wie beurteilen Sie den Anspruch der *Bild*: „Man muß *Bild* lesen!" Wie erklären Sie sich die Tatsache, daß *Bild* von so vielen Millionen Menschen gelesen wird, und Deutschlands größte Tageszeitung ist?

---

†Diskussion

1. Im Roman KB übernimmt die ZEITUNG eine dreifache Funktion: sie will recherchieren, mit „nicht immer konventionellen Methoden (KB, S.103), sie will „umfassend informieren" (KB, S.36), und sie gibt Urteile ab.
Diskutieren Sie die Implikationen und möglichen Gefahren einer solchen Haltung anhand der Vorkommnisse im Roman.
Arbeitsanleitung:
Recherchieren: Welche unnötigen Details, welche Halbwahrheiten und Falschheiten finden die Zeitungsreporter mit ihren unkonventionellen Recherchen heraus? Welche Auswirkungen haben diese Informationen auf die Berichterstattung und auf die polizeilichen Untersuchungen?
Informieren: Wie informiert die ZEITUNG? Analysieren Sie den Informationsgehalt der ZEITUNGS-Artikel nach denselben Gesichtspunkten wie in Projekt 2 (Teil II).
Urteilen: Welche Charakterbilder werden von der ZEITUNG entworfen? Diskutieren Sie diese Frage für Katharina, Ludwig Götten, Else Woltersheim und die Blornas. Welche Auswirkungen haben diese Darstellungen auf das Leben der betroffenen Personen?
2. Charakterisieren Sie die Einstellung des Reporters Tötges zu seinem Beruf.

4. Kapitel: Spiegel oder Zerrspiegel?

Text 1: *Das Problem der manipulierten Information (Interview mit Heinrich Böll)*

Z.: Nun läßt sich ja nicht leugnen, daß dieses Buch unter anderem auch eine ganz scharfe Kritik natürlich an den Praktiken der Massenpresse ist.

B.: Ja natürlich. Nicht nur an der Massenpresse, an Zeitungen, verstehen Sie? Genereller kann man es nicht ausdrücken. Und ich entdecke in den sogenannten „seriösen Zeitungen" recht merkwürdige Manipulationen. Wir wollen uns also nicht auf die *Bild-Zeitung* versteifen, sondern das Problem der manipulierten Information als generell nehmen. ...

Z.: Nun haben einige Kritiker, darunter auch wohlmeinende, zum Beispiel Augstein[1], ein bißchen gelächelt über Ihre Auffassung von Boulevard-Journalismus. Wohlmeinende sagten, es ist noch viel schlimmer, und andere sagten, so ist es überhaupt nicht.

B.: Ich hab' das gesehen von Augstein. Ich lächle darüber, ich lächle über die Naivität eines gestandenen Journalisten, der immer noch glaubt, daß Wirklichkeit eine Reporterwirklichkeit oder eine Erfahrungswirklichkeit ist. ... Es ist eine kindliche, rührende, gefährlich naive Auffassung von der Recherchierung von Wirklichkeit. (*von Dieter Zilligen, Norddeutscher Rundfunk.*)

[1] Augstein ist Herausgeber des Magazins *DER SPIEGEL*

Wörter und Wendungen

leugnen: verneinen, abstreiten
sich auf etwas versteifen: sich nur auf eine Sache beziehen; auf einer Sache beharren
die Auffassung: Verständnis, Auslegung
gestandener Journalist (ugs.): bewährter und erfahrener Journalist
die Recherchierung: Erforschung, Ermittlung

Wörter und Wendungen zu Text 2

(Zahlen in Klammern beziehen sich auf die entsprechenden Textabschnitte.)

(2) **einen Fangschuß abgeben:** durch einen aus geringer Entfernung abgegebenen Schuß töten (Jägersprache)
(4) **jdn. abknallen** (ugs.): jdn. erschießen
(4) **höhere Tochter:** Mädchen aus vornehmen, gebildeten Kreisen
(5) **würgende Beklemmung:** Angst, die einem die Kehle zusammenschnürt
(5) **hinterhältig:** heimtückisch; sich harmlos verhalten und dabei eine böse Absicht haben. vgl. **Hinterhalt:** Versteck, von dem aus der Feind überfallen werden kann
(5) **Meuchelmord:** aus dem Hinterhalt ausgeführter Mord
(8) **Rauschgift:** halluzinatorische Drogen, z.B. Opium
(8) **einer** (Dativ) **Sache abschwören:** sich von einer Sache lossagen, distanzieren
(9) **der Abzug:** Schußauslöser am Gewehr oder Revolver
(9) **verschlagen** (Adj.): heimtückisch
(12) **die Anstifterin:** vgl. jdn. zu einer Sache anstiften: jdn. dazu bringen, etwas Schlechtes, oft Kriminelles, zu tun
(14) **abstrus:** verworren, schwer verständlich
(14) **anmuten:** erscheinen
(15) **die Hörigkeit:** vollkommene Abhängigkeit

(15) **hoch im Kurs stehen:** im Moment sehr beliebt, gefragt sein (aus der Börsensprache)
(16) **RAF** = Rote Armee Fraktion: linksextreme Gruppe, zu deren Gründungsmitgliedern Ulrike Meinhof und Andreas Baader gehörten.
(16) **BM** = Baader-Meinhof
(17) **die Szene** (ugs.): Untergrund; Sub- und Gegenkultur

Soziologenjargon

(10) **prägend handeln:** führend handeln und somit anderen ein Beispiel setzen; vgl. *idealistisch geprägt:* von Idealismus bestimmt; idealistisch eingestellt
(18) **die Sensibilisierung:** ein Gefühl für etwas entwickeln; vgl. *sensibel:* empfindsam, feinfühlig

Kriminologenjargon

(3) **die Tatbeteiligung:** Teilnahme an einem Verbrechen
(3) **die Tatunterstützung:** Beihilfe zu einem Verbrechen
(12) **soziale Nahsphäre:** Personenkreis, zu dem ein enger, persönlicher Kontakt besteht
(13) **Einebnungstendenz:** Hang/Trend, einen Ausgleich zu schaffen

Frauen im Untergrund: „Etwas Irrationales"

Unter Westdeutschlands Terroristen—der Bankier Ponto, ihr 19. Opfer, wurde letzte Woche zu Grabe getragen—sind Mädchen mittlerweile in der Mehrheit; Frauen führen immer häufiger auch ausländische Mord-Kommandos an. Kriminologen rätseln über die Motive femininer Militanz: „Weibliche Supermänner"—„Exzeß der Emanzipation"?

(1) Als der Rettungshubschrauber startete, gab es nichts mehr zu retten. Jürgen Ponto, Chef der Dresdner Bank, war schon tot—erschossen mit fünf großkalibrigen Kugeln, und eine davon, abgefeuert unmittelbar an der rechten Schläfe, hatte ihm ein faust-großes Stück Hirn aus dem Schädel geschlagen.

(2) „Es war ein Fangschuß",sagt einer der Ermittler vom Bundeskriminalamt (BKA), ein Schuß, der töten sollte. Wer den Killern das Entree verschafft hatte, war über alle Zweifel klar: die Tochter eines Ponto-Freundes, Susanne Albrecht, 26.

(3) Die Polizeiphotos, die am Abend nach dem Mord über Fernsehen ausgestrahlt wurden, zeigten allesamt Frauengesichter. Gesucht wurden, wegen des Verdachts der Tatbeteiligung oder der Tatunterstützung: Silke Maier-Witt, 27, Sigrid Sternebeck, 28, Angelika Speitel, 25. [...]

(4) In der bislang härtesten Phase des westdeutschen Terrorismus, da die Untergrund-Aktionisten Staats- und Wirtschaftsrepräsentanten abzuknallen entschlossen scheinen, spielen Frauen eine makaber hervorragende Rolle. Fast zwei Drittel aller mit Haftbefehl gesuchten Terroristen in der Bundesrepublik sind Frauen, höhere Töchter aus feinen Familien zumeist, die sich mit selbstzerstörerischer Lust in die Niederungen von Mord und Totschlag hinabbegeben haben.

(5) An Bonnie and Clyde erinnert das nun nicht mehr. Eher verursachen die schießenden Frauen Ratlosigkeit, „würgende Beklemmung", wie die „Frankfurter Rundschau" schrieb, und buchstäblich Knall auf Fall treiben sie wohl auch die gängigen Assoziationen vom Flintenweib empor, das Vorurteil vom Hinterhältigen—wer käme schon auf den Gedanken, sich zum Meuchelmord mit Blumen anzusagen?

(6) Für die Bonner „Welt" bezeichnete der Umstand, daß die Terroristin Susanne Albrecht sich mit Rosen den Zugang zum Opfer Ponto erschlich, schon eine „äußerste Grenze menschlicher Perversion". Müsse nun nicht, fragte das Blatt, „jeder Bürger" damit rechnen, daß ihm eines Tages „der gewaltsame Tod in Gestalt eines jungen Mädchens gegenübertritt"?

(7) Klar war Männern wie Frauen, daß hier Mädchen tief aus ihrer angestammten Rolle gefallen waren. Die Tat fügt sich nicht ins herkömmliche Bild von jenem Geschlecht, das im Englischen „the fair sex" genannt wird, das schöne, das anständige, das helle.

(8) Mitte der sechziger Jahre noch hatte sich Weibergewalt vor allem auf der Leinwand und auf dem Papier ereignet: Im Film hantierten, „Viva Maria", Brigitte Bardot und Jeanne Moreau munter mit MG und Dynamit. Im Comic strip wüteten die „militanten Panthertanten" des Untergrund-Zeichners Robert Crumb, „die Terror schon vor Rauschgift kannten" und—splang, yargh—„all diesem bullshit von Weiblichkeit" abschworen.

(9) Heute aber ist Frauen-Militanz weltweite Realität. Gerade dort, wo Guerillas am aktivsten sind, haben Frauen den Finger am Abzug, immer wieder auch drücken sie ab. Daß sich die Terroristin Albrecht mit den Worten „Ich bin's, die Susanne" beim Opfer Ponto anmeldete, macht nur eine verschlagene deutsche Variante aus. [...]

(10) Auch in der Bundesrepublik wirken Frauen heute, wie Hamburgs Verfassungsschutz-Chef Hans Josef Horchem weiß, keineswegs nur als „Helfer, Informanten, Kundschafter" der Terroristen, sondern auch als „aktive Kämpfer"; einzelne gar sind Manns genug, „nicht nur gleichberechtigt, sondern prägend" zu handeln.

(11) Mittlerweile begehen westdeutsche Frauen mehr als die Hälfte aller terroristischen Straftaten. Für den ehemaligen Verfassungsschutz-Chef Günther Nollau ist „irgendwas Irrationales in dieser ganzen Sache". Vielleicht, meint Nollau, ist das „ein Exzeß der Befreiung der Frau". [...]

(12) Ins gängige Klischee, demzufolge die Frau nicht zur kriminellen Führungskraft tauge und nur in der „sozialen Nahsphäre" (Kriminologen-Jargon) gewalttätig werde, passen längst auch andere Taten nicht mehr—etwa die jener 21 Jahre alten Pelznäherin, die in Berlin als Haupttäterin und Anstifterin wegen gemeinschaftlich begangenen Raubes und Mordes verurteilt wurde: Zusammen mit einer 28jährigen hatte sie einen Rentner per Judo-Griff bewußtlos gemacht und dann mit einer Krücke totgeschlagen.

(13) Kriminologen wie der Mainzer Armand Mergen zweifeln nicht daran, daß immer häufiger aus „Gangsterbabies Gangsterladies" werden, daß es, so der Münsteraner Professor Hans Joachim Schneider, zwischen dem männlichen und dem weiblichen Kriminalitätsgrad „eine Einebnungstendenz" gibt.

(14) An Mutmaßungen über die Motive, aus denen Mädchen-Militanz erwächst, mangelt es nicht. Viele Erklärungsversuche freilich muten abstrus an, und Polizisten, aber auch Psychologen und Publizisten erscheinen oft hilflos, wenn sie die Ursachen solcher Frauen-Kriminalität zu ergründen suchen.

(15) Sexuelle „Hörigkeit" steht als Motiv besonders hoch im Kurs—umstritten ist allerdings oft, wer wem verfallen ist. Ergiebiger mutet ein Erklärungsversuch des Psychoanalytikers Friedrich Hacker an: Nur mit der Waffe, dem klassischen Symbol der Männlichkeit, und nur mit besonderer Härte hätten die weiblichen Gruppenmitglieder die Vorstellung verwirklichen können, „gänzlich emanzipierte Frauen" zu sein. Sie produzierten sich, meint Soziologe Scheuch, als „weibliche Supermänner".[...]

(16) Die Knarre im Kosmetikkoffer—derlei markiere mithin den endgültigen „Bruch mit der abgelehnten Weiblichkeit" (Scheuch). Tatsächlich war etwa für die RAF-Ideologin Ulrike Meinhof eines der bekämpfenswerten Prinzipien in der westlichen Gesellschaft die „Spaltung des Volkes in Männer und Frauen". Und romantisches Amazonen-Verständnis von der Waffengleichheit der Geschlechter im Untergrund bezeugt auch Beate Sturm, das einstige BM-Mädchen: „Eines fand ich damals Klasse—daß man als Frau wirklich emanzipiert war, daß man manche Sache einfach besser konnte als die Männer. Wir haben uns einfach stärker gefühlt." [...]

(17) Viele dieser Frauen nahmen während ihrer Studienzeit Kontakt zur Szene auf. „Wenn man", sinniert Beate Sturm, „mit 14 Jahren schon in der Fabrik steht und selber genug damit beschäftigt ist, sich seiner Haut zu wehren, dann ist es gar nicht so leicht, noch für andere einzutreten." Als Studentin indes rutsche man leichter „in so etwas hinein".

(18) Am rapidesten rutschen, so scheint es, Intelligente mit idealistisch geprägter Erziehung. Von „hochbegabten jungen Menschen", erklärt der Kasseler Kriminologe Gustav Nass, werde „die Diskrepanz zwischen moralischem Anspruch und desillusionierender Realität"..."stärker erlebt und erlitten als von anderen". Und, so Scheuch: „Je ethisch anspruchsvoller die Elternhäuser, je stärker die Sensibilisierung für Ungerechtigkeiten, um so extremer und vor allem um so plötzlicher der Ausbruch."

Zusammenfassende Fragen zum Text

1. Wie wurde der Chef der *Dresdner Bank* ermordet? Schildern Sie den Tathergang.
2. Wie kommentierten die *Frankfurter Rundschau*, wie die *Welt* das Geschehen?
3. Wie hat sich Frauen-Militanz seit der Mitte der sechziger Jahre geändert?

Projekt

1. Erstellen Sie eine Liste sämtlicher in diesem Text aufgeführten mutmaßlichen Motive und Erklärungen für Frauen im Untergrund.
2. Widersprechen sich diese Motive? Begründen Sie Ihre Antwort.
3. In diesem Artikel finden sich zahlreiche gängige Klischee-Vorstellungen von der Frau. Zählen Sie diese Klischees auf.
   Beispiel: Abschnitt 7 → angestammte Rolle der Frau: „the fair sex"

*I. Stilanalyse

Erklären Sie, was mit dem folgenden Spiegel-*Politjargon gemeint ist. (Zahlen in Klammern beziehen sich auf die entsprechenden Textabschnitte.)*

(a) Flintenweib (5)
(b) Meuchelmord mit Blumen (5)
(c) aus Gangsterbabies werden Gangsterladies (13)
(d) Mädchenmilitanz (14)
(e) weibliche Supermänner (15)
(f) Knarre im Kosmetikkoffer (16)

Aus welchen Bereichen kommen die einzelnen Ausdrücke? Machen Sie eine kurze Analyse unter den Aspekten von Assonanz, Alliteration, Gegensatz.

II.

Kommentieren Sie die folgenden Anspielungen:
(a) Bonnie und Clyde (5)
(b) Tod in Gestalt eines jungen Mädchens (6)
(c) militante Panthertanten (8)
(d) romantisches Amazonenverständnis (16)

III.

Erklären Sie die schräggedruckten Ausdrücke und identifizieren Sie die Register (z.B. Hochsprache, Umgangssprache, Slang, Amerikanismus, Dichtersprache), aus denen sie stammen.

(a) Wer den *Killern* das *Entree* verschafft hatte, war über alle Zweifel klar. (2)
(b) Sie scheinen entschlossen, Staatsrepräsentanten *abzuknallen*. (4)
(c) Fast zwei Drittel sind Frauen, höhere Töchter zumeist, die sich in die *Niederungen von Mord und Totschlag* hinabbegeben haben. (4)
(d) Die *militanten Panthertanten*, die all diesem *bullshit* von Weiblichkeit abschworen .... (8)
(e) Einzelne sind gar *Manns genug*, prägend zu handeln. (10)
(f) Eines fand ich damals *Klasse* — daß man als Frau wirklich emanzipiert war. (16)

Übungen zu Wortschatz und Grammatik

I. Formulieren Sie um, und ersetzen Sie dabei die schräggedruckten Ausdrücke durch Wörter und Wendungen aus dem Text (Die in Klammern stehenden Zahlen verweisen auf den entsprechenden Textabschnitt.):

Beispiel:

Bei dem Banküberfall *spielte* eine Frau *die führende Rolle*. → Bei dem Banküberfall war eine Frau die treibende Kraft.

---

1. Die Polizeiphotos wurden im Fernsehen *gesendet*. (3)
2. Viele Terroristinnen *stammen aus angesehenen* Familien. (4)
3. Es war *offensichtlich*, daß diese Frauen aus ihrer *traditionellen* Rolle gefallen waren. (7)
4. Deine Erklärungen *klingen verworren und unverständlich*. (14)
5. Die Psychologen *wollen* die Ursachen solcher Frauenkriminalität *herausfinden*. (14)
6. Manche Zeitungen schreiben, daß Frauen deswegen in den Untergrund gehen, weil sie *von ihren* terroristischen Partnern sexuell *völlig abhängig* sind. (15)

7. Studentinnen haben mehr Zeit und Energie, *sich* für andere *einzusetzen*", überlegt Beate Sturm. (17)
8. Sie ist, ohne daß sie es bemerkt hat, immer tiefer in diese Sache *hineingeraten*. (17)

2. Gefährliche Träume

Bilden Sie die entsprechenden Substantive:
Beispiel: Er *kämpft* oft, aber er ist kein guter *Kämpfer*.
1. Er will alles *auskundschaften*, aber er ist ein schlechter ....
2. Er träumt davon, eine Bande *anzuführen*, aber er wäre kein guter ....
3. Er hat diese Gruppe nicht zur Tat *angestiftet*, aber jetzt vermutet man in ihm den ....
4. Er *träumt* davon, ein berühmter Bankräuber zu werden, aber er wird immer nur ein .... bleiben.
5. Er könnte keiner Maus etwas zuleide tun, geschweige denn jemanden *ermorden*; wie könnte man auch nur einen Moment lang glauben, er könnte ein .... sein?
6. Aber er ist eigenartig! Jetzt *tut* er so, als ob er der .... wäre.

3. Bilden Sie zu den schräggedruckten Verben die passenden Substantive:

Beispiel: tun → die Tat

1. Der Jäger *schießt* ins Schwarze. Sein .... trifft genau ins Schwarze.
2. Ich kann bei dem Nebel kaum etwas *sehen*. Die .... ist heute sehr schlecht.
3. Der Angler *fing* einen großen Fisch. Er machte einen guten ....
4. Der Tisch *steht* sehr wackelig. Er hat einen unsicheren ....
5. Ich *gehe* jetzt bereits zum fünften Mal zum Einkaufen. Ich hoffe, dies ist mein letzter ....
6. Macht das Fenster zu. Es *zieht*! Das bißchen .... wird dich schon nicht umbringen!
7. Er will mit seiner Vergangenheit *brechen*. Ich weiß nicht, ob ihm dieser .... so leicht fallen wird.

*4. Mit anderen Worten ...

obwohl → trotz	bevor → vor
nachdem → nach	weil → wegen/augfrund

Beispiel: Obwohl er vieles erfunden hat, ist er nie reich geworden.
→ *Trotz seiner vielen Erfindungen ist er nie reich geworden.*

1. *Nachdem man ihn gerettet hatte,* gab er eine Reihe von Interviews.
2. *Bevor er verurteilt wurde,* hielt der Angeklagte noch eine flammende Rede.
3. Der Gefangene wurde frühzeitig aus dem Gefängnis entlassen, *weil er sich gut geführt hatte.*
4. *Obwohl er stark für sie empfand,* machte er ein unbewegtes Gesicht.
5. *Obwohl du mich unterstützt hattest,* gab es Schwierigkeiten.
6. Ich fühlte mich sofort zuhause, *weil ich so herzlich begrüßt wurde.*
7. *Bevor er endgültig befreit wurde,* hatte er mehrere Male versucht, mit der Außenwelt Kontakt aufzunehmen.

Wörter und Wendungen zu Text 3 (S.42)

(Zahlen in Klammern beziehen sich auf die entsprechenden Textabschnitte.)

(1) **Seltenheitswert haben:** selten sein
(1) **der Sprengstoff:** Dynamit
(2) **die Auseinandersetzung:** Kontroverse, Streit
(2) **die Ausgangsüberzeugung:** Gewißheit, von der man ausgeht, daß das, was man macht, richtig und notwendig ist
(3) **gezielt:** sorgfältig geplant
(4) **verkommen:** zugrundegehen, zerstört werden
(4) **eingesetzt werden:** vgl. **jdn. einsetzen:** jdn arbeiten lassen
sich einsetzen für etwas/jdn.: etwas/jdn. unterstützen, sich für etwas/jdn. engagieren
(4) **die Hemmung:** innere Unsicherheit; psychologische Sperre
(4) **mithalten:** mit anderen Schritt halten; etwas so gut wie die anderen machen
(5) **die Tarnung:** Verkleidung, Maskierung
(6) **jdn. anschießen:** jdn. durch einen Schuß verletzen
(7) **etwas leuchtet jdm. ein:** etwas ist jdm. verständlich; etwas ist jdm. klar

(7) **die Verblendung:** Täuschung; vgl. **jdn. blenden:** jdn. blind machen
(7) **außer Kraft setzen:** ungültig machen
(7) **der Totalausfall:** völliges Ausbleiben/Versagen eines bestimmten erwarteten Mechanismus oder einer Funktion
(8) **die Inzucht:** *hier:* Verhältnis einer Gruppe zueinander, unter totalem Ausschluß aller anderen Menschen
(8) **sich in etwas hineinsteigern:** sich immer mehr einer Sache/einem Gefühl hingeben, vgl. **steigern:** verstärken
(9) **das Rollenverhalten:** Verhalten, das einer bestimmten gesellschaftlichen Rolle entspricht
(12) **die Hinterhältigkeitshandlung:** *Spezialausdruck aus der Soziologie:* eine hinterhältige, heimtückische Tat
(14) **die Umgangsform:** die Art des Verhaltens zu anderen Menschen
(14) **den Finger auf die Wunde legen:** auf eine kritische Stelle hinweisen
(16) **getragen:** *hier:* bestimmt von; basierend auf

Die Täter leben in absoluter Inzucht

SPIEGEL-Interview mit der Frankfurter Kriminologin Professor Helga Einsele

(1) SPIEGEL: Sie haben als Leiterin der Frankfurter Frauenvollzugsanstalt 28 Jahre lang Erfahrungen gesammelt mit weiblichen Kriminellen und arbeiten darüber auch wissenschaftlich. Gewalttaten von Frauen hatten für die Kriminologen bisher Seltenheitswert. Heute rekrutiert sich die Terroristenszene mehr als zur Hälfte aus Frauen. Sie bomben mit Sprengstoff, sind bewaffnet, schießen gezielt und töten eiskalt. Was macht die kriminelle Frau zum Killer?

(2) *EINSELE:* Es ist unklar, ob sich hier eine allgemeine Tendenz zeigt oder ob es sich dabei nur um eine besondere Gruppe von Kriminellen handelt. Ganz außergewöhnlich ist es ja nicht, daß Frauen am politischen Terrorismus teilnehmen. Denken Sie an die Terroristen des vorigen Jahrhunderts in Rußland. Da gab es eine große Zahl von Frauen, die unmittelbar und gleichberechtigt mit den Männern Terror ausgeübt, also auch selber Bomben gelegt und geschossen haben. Ähnliches gab es im vorigen Jahrhundert in England, und auch im irischen Freiheitskampf waren Frauen beteiligt, 1916 wie jetzt in der nordirischen Auseinandersetzung. Eine besonders starke Ausgangsüberzeugung bringt Menschen in diese Szene hinein, läßt sie dann allerdings in dieser Szene auch verkommen.

(3) SPIEGEL: Wo, wie im Ponto-Fall, die persönliche Vertrautheit nur noch dazu dient, um möglichst nahe an das Opfer heranzukommen und es dann todsicher niederzuschießen, wo Blumenstrauß und Begrüßungsworte ganz gezielt als Mordrequisiten eingesetzt werden—geht es da um eine neue Qualität von Frauenkriminalität?

(4) *EINSELE:* Gerade darin zeigt sich exemplarisch, wie man in dieser Szene menschlich auch verkommen kann. Wahrscheinlich ist das nicht eine neue Qualität, sondern vielmehr eine Quantität. Die Frauen werden ganz extrem eingesetzt und setzen sich selber ganz extrem ein. Sie vergessen dann alle Hemmungen, die sie sonst gehabt haben. Sie benehmen sich dabei nicht anders als Männer, vielleicht nur extremer, weil sie sich zu ihrer politischen Rolle noch zusätzlich eine besondere Rolle als Frau ausdenken und beweisen wollen, daß sie hier mithalten können.

(5) SPIEGEL: Die Täterin meldet sich tags zuvor an, sie gibt sich selber klar zu erkennen, verzichtet auf Tarnung und Anonymität—paßt das ins kriminologische Bild der Frau?

(6) *EINSELE:* Das ist sicher ungewöhnlich in der allemeinen Kriminalität der Frau, aber nicht ungewöhnlich in der Terrorszene. Denken Sie an Wera Sassulitsch, die 1878 einen prominenten hohen russischen Beamten ermorden wollte, indem sie vorgab, eine Petition überreichen zu wollen, dann in sein Amtszimmer ging, sich vor ihn hinstellte und ihn anschoß. Diese Frau hat sich dann allerdings auch unmittelbar festnehmen lassen.

(7) SPIEGEL: Es mag noch einleuchten, daß ideologische Verblendung und politischer Fanatismus jegliche intellektuelle Selbstkontrolle außer Kraft setzen können. Womit erklärt sich aber der Totalausfall auch aller instinktiven und emotionalen Hemmungen?

(8) *EINSELE:* Ganz wichtig für die Beurteilung dieser Tätergruppen ist die Tatsache, daß sie in absoluter Inzucht leben, ununterbrochen miteinander sprechen und sich weiter in das hineinsteigern, was sie tun und ideologisch für richtig halten wollen. Dabei geben sie den Kontakt zur Realität fast vollständig auf. Hier wird das Gesichtsfeld ständig auf das eingeengt, was man für richtig hält und wofür man bereit ist, sich auch zu opfern.

(9) SPIEGEL: Übernehmen die Frauen heute auch im kriminellen Bereich das Rollenverhalten des Mannes? Kann es sein, daß sie dabei betont forcieren und sich selbst bestätigen wollen—die Frau sozusagen als Supermann?

(10) *EINSELE:* Ich glaube nicht, daß die Frau die Rolle des Mannes übernimmt. Sie spielt die Rolle eines selbständig denkenden und selbständig handelnden Menschen. Diese Frauen haben sich nicht um ihre eigene Position bemüht, sondern sich als Kämpfer für die Opfer der Gesellschaft gesehen. Der emanzipatorische Gesichtspunkt kommt in der Wahl ihrer Methoden zum Ausdruck.

(11) SPIEGEL: Die Waffe als maskulines Symbol?

(12) *EINSELE:* Man hat immer gemeint, daß die extremen Gewaltdelikte von Frauen, also Mord und Totschlag, im wesentlichen Hinterhältigkeitshandlungen waren, also etwa per Gift begangen. Das ist ein Irrtum. Zwar haben Frauen prozentual etwas häufiger Gift angewendet, aber die Zahl derer, die unmittelbar mit der Axt, dem Revolver oder irgendeinem harten Gegenstand einen Mord begangen haben, ist auch in der generellen Kriminalität relativ groß.

(13) *SPIEGEL:* In Ihrer Frankfurter Haftanstalt saßen zeitweise auch die Terroristinnen Gudrun Ensslin, Astrid Proll, Marianne Herzog, Margrit Schiller und Ilse Jandt ein. Worin vor allem unterschieden sie sich von anderen weiblichen Kriminellen?

(14) *EINSELE:* Sie haben sich durch ihre bessere Bildung und sogar durch ihre besseren Umgangsformen unterschieden—jedenfalls damals noch bei uns, später haben sie das wohl zum Teil aufgegeben. Sie haben versucht, Opposition gegen die Institution zu machen und unter den Gefangenen Anhänger zu finden, sie haben politische Propaganda gemacht, dann aber auch sehr schnell verstanden, daß das kein Potential für ihre Revolution ist, denn die anderen Gefangenen haben klar gesagt, wir wollen das nicht hören. Daraufhin haben sie sich sehr positiv verhalten und aufgepaßt, daß wir sämtliche Gefangenen zu ihrem Recht kommen lassen. Sie haben den Finger auf unsere Wunden gelegt, und das fand ich gut.

(15) SPIEGEL: Haben Sie bei diesen Gefangenen so etwas wahrgenommen wie eine persönliche Disposition zur Gewalt?

(16) *EINSELE:* Eigentlich nicht. Ich muß immer wieder sagen: Ich verstehe das nicht. Dieser weitere Weg hat mich überrascht, und ich kann ihn mir nur mit dieser Inzucht erklären, mit diesem Sichhineinsteigern in die Sache. Mag sein, daß die Gruppe, die jetzt am Drücker ist, sich auch anders zusammensetzt, daß die erste Stunde noch andere Leute gehabt hat. Jedes meiner Gespräche mit diesen Frauen war ein positives Gespräch, getragen von echtem Pathos für ihre Sache. Von Gewaltanwendung war dabei keine Rede.

Zusammenfassende Fragen zum *Spiegel*-Interview

Machen Sie bei Ihren Antworten deutlich, daß Sie Frau Einseles Meinung widergeben. (z.B.: Frau Einsele erklärt, daß ...)

1. Inwiefern ist es nicht außergewöhnlich, daß Frauen am politischen Terrorismus teilnehmen?
2. Was bringt diese Frauen dazu?
3. Was ist mit einer neuen „Quantität" von Frauenkriminalität gemeint, im Gegensatz zu einer neuen „Qualität"?
4. Inwiefern verhalten sich politisch motivierte Attentäterinnen anders als „normale Mörderinnen"?
5. Wieso hat diese Tätergruppe anscheinend keine „emotionalen Hemmungen"?
6. Wieso ist es nicht korrekt zu behaupten, daß diese Frauen einfach die Rolle des Mannes übernehmen?
7. Wieso ist die Behauptung falsch, daß Frauen vorwiegend durch Gift töten?
8. Fassen Sie zusammen, wie sich die beschriebenen Terroristinnen im Gefängnis von den anderen weiblichen Kriminellen unterschieden?
9. Wie kam es zur Eskalation der Gewalttaten?

*Diskussion

Vorbereitung:
1. Fassen Sie zusammen, wie Frau Einsele die Tatsache erklärt, daß Frauen zu Terroristinnen werden.

Vergleich:
2. Vergleichen Sie die beiden *Spiegel*-Texte (*Text 2 und 3*) unter folgenden Gesichtspunkten:
   (a) Was für Frauen werden zu Terroristinnen?
   (b) Warum geschieht das?
   (c) Wie verhalten sie sich dabei?

Wertung:
3. Diskutieren Sie darüber, welche Darstellungsweise dem Problem eher gerecht wird. Welche Berichterstattung ist die ausgewogenere? Begründen Sie Ihre Meinung.

Übungen zu Wortschatz und Grammatik

---

*5. Helga Einsele spricht über das Verhalten der Terroristinnen im Gefängnis

Bilden Sie Nebensätze (Vorsicht mit den Zeiten!):
Beispiel: Vor seiner Verurteilung hatte er bereits drei Jahre in Untersuchungshaft verbracht.
   → Bevor er verurteilt wurde, hatte er ...
oder: → Bevor man ihn verurteilte, hatte er ...

| bevor | während | nachdem | weil | seit |

1. Vor ihrer Verhaftung hatten diese Frauen in einer terroristischen Vereinigung gewirkt.
2. Während ihrer Aktivitäten im Untergrund sahen sie sich als politische Kämpfer.
3. Nach ihrer Einweisung in die Haftanstalt versuchten sie, den politischen Kampf auf andere Weise fortzusetzen.
4. Wegen dieser politischen Propagandaversuche wurden sie aber von den anderen Gefangenen abgelehnt.
5. Seit dieser fehlgeschlagenen Aktion im Gefängnis haben sie sich dann ganz anders verhalten.

6. lassen, können, mögen, wollen

Erklären Sie die Bedeutung der Modalverben. (Zahlen in Klammern beziehen sich auf Textabschnitte.)
Beispiel: Sie hat sich festnehmen *lassen* (6)
   → Sie hat es *geduldet/zugelassen*, daß man sie festnahm.

lassen
1. Eine starke Ausgangsüberzeugung *läßt* sie auch in dieser Szene verkommen. (2)
2. Sie passen auf, daß wir die Gefangenen zu ihrem Recht kommen *lassen*. (14)

können
3. Es zeigt sich, wie man verkommen *kann*. (4)
4. Ich *kann* mir das nur mit dieser Inzucht erklären. (16)

mögen
5. Es *mag* noch einleuchten, daß ideologische Verblendung jegliche Selbstkontrolle außer Kraft setzt. (7)
6. Es *mag* sein, daß die Gruppe sich jetzt anders zusammensetzt. (16)

wollen
7. Sie gab vor, eine Petition überreichen zu *wollen*. (6)
8. Sie tun, was sie ideologisch für richtig halten *wollen*. (8)
9. Die Frauen *wollen* sich selbst bestätigen. (9)
10. Die Gefangenen haben gesagt, daß sie das nicht hören *wollen*. (14)

7. Wer will, wer darf, und wer muß?

Setzen Sie die geeigneten Modalverben ein:
Beispiel: Ich hatte schon immer *den Wunsch*, diese ungewöhnliche Person kennenzulernen.
   → Ich *wollte* schon immer diese ungewöhnliche Person kennenlernen.

1. Ich *habe die Absicht*, möglichst viele Erfahrungen zu sammeln.
2. Ich *habe die Erlaubnis*, einen Gefangenenbesuch zu machen.
3. *Es ist unbedingt erforderlich*, daß du dich beim Arzt anmeldest.
4. Ich *bin fest entschlossen*, den Gewalttaten ein Ende zu setzen.
5. *Ist es gestattet*, hier zu rauchen?
6. Ich *bin gezwungen*, auf der Stelle abzureisen.
7. *Es ist absolut notwendig*, daß die Öffentlichkeit voll aufgeklärt wird.

8. Ein hoffnungsloser Fall!

Setzen Sie ein:

1. (*mag/möchte*) „Kommst du mit? Ich . . . in eine Ausstellung über abstrakte Malerei gehen." —„Nein lieber nicht, ich . . . nämlich keine moderne Kunst."
2. (*können/sollen*) „Wie wär's mit einem Kinobesuch?" —„Unmöglich. Meine Eltern haben gesagt, ich . . . zuhause bleiben. Außerdem . . . ich mir das finanziell nicht leisten."
3. (*brauchen/müssen*) „Aber du . . . doch nicht immer auf deine Eltern zu hören. Du . . . es lernen, von ihnen unabhängig zu werden."
4. (*wollen/dürfen*) „Leichter gesagt als getan. Ich . . . nicht mit ihnen in Konflikt geraten. Du . . . nicht vergessen, wieviel ich ihnen verdanke."
5. (*lassen/wollen*) „Warum . . . du dich so stark unter Druck setzen? Ich . . . dir gerne helfen, falls es Schwierigkeiten gibt."
6. (*müssen/brauchen*) „Du verstehst mich falsch. Ich . . . nicht zuhause bleiben, es besteht kein Zwang: ich bleibe freiwillig. Du . . . mir deine Hilfe nicht anzubieten. Dafür sind meine Eltern zuständig."
7. (*müssen/können*) „Ich geb's auf. Dir . . . nicht mehr geholfen werden. Ich . . . jetzt gehen."

9. Zusammengesetzte Substantive

Beispiel: Er versucht, alles zu *erklären*
→ Er macht *Erklärungsversuche.*

1. Sie *binden* sich fürs *Leben.*
   Sie schließen einen . . . .
2. Er ist *angewiesen*, in einer gewissen Weise zu *handeln.*
   Er bekommt gewisse . . . .
3. Er wird im *Krankenhaus ausgebildet.*
   Er absolviert eine . . . .
4. Sie hat viel im *Leben erfahren.*
   Sie hat eine große . . . .
5. Sie *kämpfen* für *Freiheit.*
   Sie führen einen . . . .
6. Die *Worte*, mit denen er uns *begrüßte*, klangen freundlich.
   Seine . . . . klangen freundlich.
7. Sie versucht, sich *selbst* zu *kontrollieren.*
   Sie übt . . . . aus.
8. Sie *kritisiert* sich *selbst.*
   Sie übt . . . .

10. Verwechseln Sie nicht!

Anhänger—Anhang

1. Ohne den langen . . . . wäre das Buch völlig unverständlich.
2. Er war seit seiner Studentenzeit ein treuer . . . . dieser Organisation.

Kundschafter—Kundschaft

3. Vor ihrem Angriff sandten die Soldaten . . . . aus, weil sie einen genauen Überblick der Lage gewinnen wollten.

4. Der kleine Laden an der Ecke will mit einer Reihe von Sonderangeboten seine alte . . . . zurückgewinnen.

Botschafter—Botschaft

5. Die Polizei geriet in Panik, als sie die geheime . . . . über das geplante Attentat erhielt.
6. Der Diplomatenball wurde von . . . . aus aller Welt besucht.

Wirtschafterin—Wirtschaft

7. Was für ein unselbständiger Mann! Ohne seine . . . . wäre sein Haushalt schon längst zusammengebrochen.
8. Während des Bürgerkriegs brach die gesamte . . . . des Landes zusammen.

11. Wer sucht was?

1. Mörder	(a)	Täter
2. Dieb	(b)	Motiv
3. Detektiv	(c)	Spur
4. Psychologe	(d)	Opfer
5. Polizei	(e)	Beute

12. Eine unwahrscheinliche Geschichte

Setzen Sie ein:
Sätze 1—4: überfallen, verfallen
Sätze 5—8: ausführen, anführen
Sätze 9—13: ausbrechen, anbrechen, einbrechen oder abbrechen

1. An seinem vierzigsten Geburtstag wurde er von einer großen Verzweiflung . . . .
2. Er hatte Schulden, er war einsam, und er lief Gefahr, dem Alkohol zu . . . .
3. Auf irgendeine Art und Weise wollte er sich einen Namen machen. Er beschloß, eine Bank zu . . . .
4. Es dauerte lange, bis er die geeignete Bank gefunden hatte. Schließlich entschied er sich für ein altes Gebäude, das schon ziemlich . . . . war.
5. Er faßte einen genialen Plan, wollte ihn jedoch nicht selbst . . . .
6. Also suchte er jemanden, der eine Gruppe von fünf Räubern . . . . konnte.
7. Er selbst wollte zu dem Zeitpunkt des Überfalls zum ersten Mal seit vielen Jahren eine Bekannte in die Oper . . . .
8. „Woher dieses plötzliche Glück?", fragte sich die Frau. „Oder will er mich etwa nur . . . . ? Das wäre ein schlechter Scherz!"
9. Sie war recht verwirrt und nahe daran, in Tränen . . . .
10. Sollte sie jede Beziehung zu ihm . . . . ? Nach vielem Hin und Her nahm sie die Einladung an.
11. Er war entzückt. Eine neue Epoche war . . . .
12. Es war ihm endlich gelungen, aus seiner Isolation . . . .
13. Er dachte nicht mehr daran, in die Bank . . . . ; er hätte es auch nicht mehr gekonnt. Das Gebäude war in der Zwischenzeit . . . . worden.

13. Die Moral von der Geschicht'...

Setzen Sie ein:

---

ausrauben aufspüren erbeuten ausbeuten erschleichen entlocken verdächtigen verurteilen (sich) wehren (sich) weigern ermitteln

---

1. Sie fand es unmoralisch, daß ihr reicher Onkel seine Arbeiter so schamlos ...., und so faßte sie einen Plan, wie sie sein Vermögen neu verteilen könnte.
2. Zunächst .... sie ihm den Geheimkode zum Tresor.
3. Dann .... sie sich den Zugang zu seinem Studierzimmer.
4. Sie öffnete den Tresor und .... ihn vollständig ....
5. Dabei .... sie unschätzbare Kunstwerke.
6. Natürlich war es schwierig, die wertvollen Stücke zu verkaufen, ohne .... zu werden.

7. Sogar die Schwarzhändler .... sich, mit ihr ins Geschäft zu treten.
8. Inzwischen hatte die Polizei angefangen, gegen alle Bekannten und Verwandten des Opfers zu ....
9. Sie ging in den Untergrund, aber einer Spezialabteilung der Polizei gelang es schließlich, die Verdächtige .... und zu verhaften.
10. Sie .... sich dagegen, als einfache Kriminelle eingestuft zu werden, aber vergebens.
11. Sie wurde zu einer harten Gefängnisstrafe ....

Text 4: *Ausschnitt aus „Die Sprache des Spiegel"*

Jede Nachricht hat eine Quelle, die sich angeben läßt; Zeit, Ort und Urheber sind von ihr nicht ablösbar. Diese Angaben gehören deshalb zum unentbehrlichen Minimum jeder, auch der kleinsten Zeitungsmeldung. Im *Spiegel* fehlen sie, weil sie mit dem Prinzip der Story nicht vereinbar sind: Story und Nachricht schließen einander aus. Während die Nachricht im allgemeinen für Unterhaltungszwecke ungeeignet und kein Genuß-, sondern ein Orientierungsmittel ist, stellt die Story ganz andere Bedingungen: Sie muß Anfang und Ende haben, sie bedarf einer Handlung und vor allem eines Helden. Echte Nachrichten ermangeln häufig dieser Eigenschaften: um so schlimmer für die Nachrichten! [...]
Kann sich die Story also nicht auf die Objektivität der Nachricht berufen, so fehlt ihr andrerseits auch die Legitimation, die andere journalistische Äußerungsformen, wie die Glosse, der Kommentar oder der Leitartikel, für sich beanspruchen dürfen. In den Spalten der Zeitschrift selber tritt der Unterschied zutage, der hier zu machen ist. Die Leitartikel von Jens Daniel gehören zu den besten Leistungen der deutschen Publizistik dieser Jahre. Das Verfahren ihres Verfassers ist unangreifbar, mag er nun mit seinen Schlußfolgerungen Recht haben oder nicht. Sein Fall ist vollkommen klar: Er steht mit seinem Namen ein für das, was er sagt, und, was noch wichtiger ist, er nimmt für seine Äußerung keinerlei objektive Gültigkeit in Anspruch. Im Gegenteil: er wirkt gerade durch die entschiedene Subjektivität seiner Artikel, durch seine Überzeugung, durch sein Engagement. Niemals versucht er seine Deutung der Nachrichten als diese selbst auszugeben.
(Hans Magnus Enzensberger in Einzelheiten, *Suhrkamp 1962.)*

Wörter und Wendungen

das Genußmittel: etwas, das dem Genuß dient

die Glosse:
der Kommentar: ⎰ Zeitungsartikel, in denen der Journalist seine persönliche Meinung zu einem Ereignis darlegt

der Leitartikel: wichtigster, aktueller Artikel in einer Zeitung

das Engagement: starke persönliche Verbundenheit

Fragen zum Text

1. Welche Angaben gehören zu einer Zeitungsmeldung?
2. Wieso fehlen diese Angaben in der *Spiegel*-Story?
3. Wofür ist die Nachricht nicht geeignet?
4. Welche Bedingungen stellt eine Story?
5. Was geschieht mit einer Nachricht, wenn sie die Bedingungen einer Story nicht erfüllen kann?
6. Welche Berechtigung kann die Story nicht für sich in Anspruch nehmen?
7. Wieso lassen sich die Leitartikel von Jens Daniel nicht ebenso kritisieren wie die *Spiegel*-Story?

8. Was unterscheidet den Story-Schreiber vom Kommentator?

*Diskussion

1. Wenden Sie Enzensbergers Analyse der *Spiegel*-Story auf Text 2 (*Frauen im Untergrund*) an.
2. Kann man den Unterschied, den Enzensberger zwischen Kommentar und Story sieht, auch zwischen Text 2 und Text 3 (*Interview mit Professor Einsele*) feststellen?

Übungen zu Wortschatz und Grammatik

14. -bar??

A. Setzen Sie den passenden Ausdruck mit -bar ein:

Beispiel: Angaben von Zeit, Ort und Urheber gehören zu einer Nachricht.
→ Sie sind von ihr nicht *ablösbar*.

---

vereinbar	unterscheidbar	erkennbar
unvertretbar	unbesiegbar	eßbar unsagbar
durchschaubar	unfehlbar	unangreifbar

---

1. Eineiige Zwillinge sind voneinander nicht ....
2. In der Dunkelheit sind die verschiedenen Straßenschilder nicht ....
3. Giftige Pilze sind nicht ....
4. Unaussprechliche Dinge sind ....
5. Gefährliche Gesetze sind ....
6. Nach dem Dogma der katholischen Kirche ist der Papst ....
7. Eine Stadt, die sich nie vom Feind erobern läßt, ist ....
8. Ein Argument, gegen das man nichts erwidern kann, ist ....
9. Hitze und Kälte sind miteinander nicht ....
10. Geheimnisvolle Menschen sind nicht leicht ....

B. Lösen Sie die Sätze in kann + Infinitiv Konstruktionen auf:

Beispiel: → Sie können von ihr nicht *abgelöst werden.*
ODER:
→ *Man kann* sie nicht von ihr *ablösen.*

---

*15. Notizen für den Journalisten

Verbinden Sie die Sätze durch ein Relativpronomen im Genitiv:

Beispiel: Der *Artikel* verschleiert seine Subjektivität.
Die Quellen des Artikels werden verschwiegen.
→ Der Artikel, *dessen Quellen verschwiegen werden*, verschleiert seine Subjektivität.

---

1. Die Story läßt sich mit dem Prinzip der Nachricht nicht vereinbaren. Das Ziel einer Story ist die Unterhaltung.
2. Nachrichten werden zu Geschichten. Die Objektivität der Nachricht ist nicht klargestellt.
3. Eine Zeitung ist nicht objektiv. In den Spalten der Zeitung findet man nur Storys.
4. Ein Journalist muß mit seinem Namen für seine Artikel eintreten. Das Verfahren des Journalisten soll unangreifbar sein.

Anhang: Der Entwicklungsweg einer Nachricht

Vorbemerkung

Im Mittelpunkt der 2. Einheit steht der problematische Entwicklungsweg einer Nachricht: von ihrem Ursprung durch ein Ereignis bis zu ihrem Abdruck in einer Zeitung. Die folgenden miteinander eng verknüpften Schritte sind hierfür von zentraler Bedeutung:

1. Ein Geschehnis wird zu einer Nachricht

An der Quelle des Geschehens selbst muß bereits eine Auswahl getroffen werden, d.h., ein Geschehen wird als Ereignis registriert. Als Information wird es dann an ein Pressehaus weitergeleitet, wo es wiederum vom Journalisten als berichtenswert aus einer Fülle von anderen Informationen ausgesucht werden muß.

2. Eine Nachricht wird interpretiert

Bereits dem Prozeß, der das Geschehen zu einem berichtenswerten Ereignis macht, liegt eine Interpretation zugrunde. Die Umwandlung der Information in einen Bericht, d.h. also die Auswahl der Details, die Berichterstattung, die Plazierung in der Zeitung, usw. sind alles das Ergebnis einer Interpretation durch Journalisten und Herausgeber.

3. Die Interpretation hat einen Empfänger

Jeder Journalist hat einen Leser im Auge, jede Zeitung wird für eine Leserschaft gedruckt. Durch die Verwandlung des Geschehens in einen Bericht erreicht eine bestimmte Informationsauswahl und Interpretation den Leser. Der Leser wird also auf eine spezifische Weise unterrichtet. Wie der Leser die Tendenz eines Berichtes oder einer gesamten Zeitung beurteilt, ist unterschiedlich: was dem einen als wertfrei und objektiv erscheinen mag, sieht der andere als Vorurteil oder Propaganda. Sicherlich aber beeinflußt seine bewußte oder unbewußte Reaktion auf diese Tendenz die Wahl einer bestimmten Zeitung.

Arbeitsanleitung

1. Untersuchen Sie die Unterschiede in Inhalt, Ausdrucksform und Gesamtaussage der „gleichen" Nachricht:
   (a) in einer deutschen Zeitung und einer Zeitung Ihres Landes;
   (b) in unterschiedlichen Zeitungstypen, z.B. in einer seriösen Zeitung und in einem Boulevardblatt;
   (c) in verschiedenen Medien: Zeitung, Rundfunk und Fernsehen. Hierbei ist die Veränderung der Nachricht durch Bild und Ton besonders zu beachten.

2. Verfolgen Sie den Weg einer wichtigen Nachricht durch eine täglich erscheinende Zeitung von ihrer ersten Erwähnung (auf der Titelseite) bis zu ihrer letzten. Wie lange bleibt eine Nachricht eine Nachricht, d.h. wie oft wird sie wiederholt, fortgesetzt, erweitert. Wie viele Unklarheiten bleiben übrig, wenn die Berichterstattung abbricht?

3. Untersuchen Sie die unterschiedliche Auswahl und Plazierung von Informationen:
   (a) in einer deutschen Zeitung und in einer vergleichbaren Zeitung Ihre Landes;
   (b) innerhalb der verschiedenen Zeitungen eines Landes.

Diskussion

1. Analysieren Sie die Tendenz der jeweiligen Berichterstattung. Wann wird Ihrer Meinung nach eine legitime Tendenz zu einem Vorurteil oder gar zu einer gezielten Manipulation des Lesers. Lassen sich dabei Absichten des Verfassers oder Herausgebers ablesen?

2. Können Sie als Leser in Ihrer Beurteilung dieser Tendenz überhaupt objektiv sein. Inwieweit ist Ihr Urteil eine Folge Ihrer Überzeugungen oder (negativ ausgedrückt) inwieweit sind Sie ein Opfer Ihrer Vorurteile.

3. Wie kann kritisches Lesen gefördert werden, d.h. mit welchen Mitteln kann man eine gewisse Distanz zur Berichterstattung erzielen. Sehen Sie irgendwelche Ähnlichkeiten zwischen Ihrer Reaktion auf Werbung und der auf Zeitungsberichte.

4. Versuchen Sie, anhand der ausgewählten Interviews in dieser Einheit festzustellen, was Heinrich Böll von solchen und ähnlichen Überlegungen hält.

5. Welcher Zusammenhang besteht Ihrer Meinung nach zwischen diesen theoretischen Aussagen Heinrich Bölls und der Struktur (Inhalt, Erzähltechnik usw.) seines Romans *Katharina Blum*.

Bilder und Interpretationen III: LEBENSMODELLE

1. Kapitel:	Das Leben allein			49–58
Text 1	Katharina Blum (aus Kapitel 24)	*Romanauszug*	Wortschatz: Adjektive; Konjunktionen	49
Text 2A	Du bist du, und ich bin ich (I)	*Artikel*	Wortschatz: zusammengesetzte Adjektive/Verben;	51
Bild 1	Trend zum Allein-Wohnen	*Graphik*	Präpositionen; Wortschatz	53
Text 2B	Du bist du, . . . (I, Fortsetzung)	*Artikel*	Wortschatz	54
Text 3	Du bist du, und ich bin ich (II)	*Artikel*	Wortschatz: Adjektive/Synonyme; Stilübung; Infinitiv mit/ohne *zu*	56

2. Kapitel:	Das Leben zusammen—konventionell			58–63
Text 1A	Frau Woltersheims Aussage (aus Kapitel 28)	*Romanauszug*		58
Text 1B	Kommissar Beizmenne zu Katharina (aus Kapitel 24)	*Romanauszug*	Wortschatz: Verben/Adverbien	59
Text 1C	Katharina über Götten (aus Kapitel 26)	*Romanauszug*		59
Text 2A	Die Ehe—Bedeutung, Wirkungen	*Archivmaterial*	Wortschatz: Ehe/Gesetz; Registerübung: Juristensprache	60
Text 2B	Die Scheidung—Zerrüttung statt Schuld	*Archivmaterial*		62
Bild 1	Abkehr von der Bindung	*Graphik*	Wortschatz: Gegenteile	63

3. Kapitel:	Das Leben zusammen—unkonventionell			63–67
Text 1	Warum leben immer mehr Paare unverheiratet zusammen?	*Artikel*	Konjunktionen; Wortschatz	63
Text 2	Wohngemeinschaft	*Bericht*	Registerübung	65

4. Kapitel:	Partnersuche			68–71
Text 1A	Welche Eigenschaften sollte Ihr idealer Partner haben?	*Meinungs-umfrage*	Analyse und Auswertung	68
Text 1B	Die Ergebnisse der Allensbacher Meinungsumfrage	*Tabelle*	Vergleich	68
Text 2	Heirats- und Kontaktanzeigen	*Anzeigen*	Stilanalyse und Vergleich	70–71

Anhang:	Auseinandersetzung mit verschiedenen Lebensmodellen			72
	Problemstellung		Projektarbeit	

I. Kapitel: Das Leben allein

Text 1: *Katharina Blum (Auszug aus Kapi-tel 24)*

Fasziniert, auch entsetzt hörte nicht nur Katharina Blum, auch alle anderen Anwesenden hörten dieser mit sanfter Stimme von Beizmenne vorgebrachten Berechnung zu, und es scheint so, als habe die Blum, während Beizmenne ihr das alles vorrechnete und vorhielt, nicht einmal Ärger empfunden, sondern lediglich eine mit Entsetzen und Faszination gemischte Spannung, weil sie, während er sprach, nicht etwa nach einer Erklärung für die 25 000 km suchte, sondern sich selbst darüber klarzuwerden versuchte, wo und wann sie warum wohin gefahren war. Sie war schon, als sie sich zur Vernehmung hinsetzte, überraschend wenig spröde, fast „weich" gewesen, sogar ängstlich hatte sie gewirkt, hatte Tee angenommen und nicht einmal darauf bestanden, ihn selbst zu bezahlen. Und jetzt, als Beizmenne mit seinen Fragen und Berechnungen fertig war, herrschte—nach der Aussage mehrerer, *fast* aller anwesenden Personen—Totenstille, als ahne man, daß hier jemand auf Grund einer Feststellung, die—wären nicht die Benzinrechnungen gewesen—leicht hätte übersehen werden können, tatsächlich in ein intimes Geheimnis der Blum, deren Leben sich bisher so übersichtlich dargestellt hatte, eingedrungen sei.

„Ja", sagte Katharina Blum, und von hier an wurde ihre Aussage protokolliert und liegt als solche vor, „das stimmt, das sind pro Tag—ich habe das jetzt rasch im Kopf nachgerechnet, über 30 Kilometer. Ich habe nie darüber nachgedacht, und auch die Unkosten nie bedacht, aber ich bin manchmal einfach losgefahren, einfach los und drauflos, ohne Ziel, d. h.—irgendwie ergab sich ein Ziel, d. h., ich fuhr in eine Richtung, die sich einfach so ergab, nach Süden Richtung Koblenz, oder nach Westen Richtung Aachen oder runter zum Niederrhein. Nicht täglich. Ich kann nicht sagen wie oft und in welchen Abständen.

Meistens, wenn es regnete und wenn ich Feierabend hatte und allein war. Nein, ich korrigiere meine Aussage: immer nur, wenn es regnete, bin ich losgefahren. Ich weiß nicht genau warum. Sie müssen wissen, daß ich manchmal, wenn ich nicht zu Hiepertz mußte und keine Extrabeschäftigung fällig war, schon um fünf Uhr zu Hause war und nichts zu tun hatte. Ich wollte doch nicht immer zu Else, besonders nicht, seitdem sie mit Konrad so befreundet ist, und auch allein ins Kino gehen, ist für eine alleinstehende Frau nicht immer so risikolos. Manchmal habe ich mich auch in eine Kirche gesetzt, nicht aus religiösen Gründen, sondern weil man da Ruhe hat, aber auch in Kirchen werden Sie neuerdings angequatscht, und nicht nur von Laien. Ich habe natürlich ein paar Freunde: Werner Klormer zum Beispiel, von dem ich den Volkswagen gekauft habe, und seine Frau, und auch andere Angestellte bei Kloft, aber es ist ziemlich schwierig und meistens peinlich, wenn man allein kommt und nicht unbedingt, oder besser: nicht bedingungslos jeden Anschluß wahrnimmt oder sucht. Und dann bin ich eben einfach ins Auto gestiegen, habe mir das Radio angemacht und bin losgefahren, immer über Landstraßen, immer im Regen, und am liebsten waren mir die Landstraßen mit Bäumen—manchmal bin ich bis Holland oder Belgien durch, habe da Kaffee oder auch Bier getrunken und bin wieder zurück. Ja. Jetzt, wo Sie mich fragen, wird es mir erst klar. So—wenn Sie mich fragen, wie oft—ich würde sagen: zweimal, dreimal im Monat—manchmal auch seltener, manchmal wohl öfter und meistens stundenlang, bis ich um neun oder zehn, manchmal auch erst gegen elf todmüde wieder nach Hause kam. Es war wohl auch Angst: ich kenne so viele alleinstehende Frauen, die sich abends allein vor dem Fernseher betrinken."

Wörter und Wendungen

die Berechnung: Kalkulation
spröde: unnachgiebig; unansprechbar
die Unkosten (Pl.): entstandene Ausgaben
los und drauflos: immer weiter (fahren), ohne Ziel
irgendwie ergab sich ein Ziel: sie kam durch Zufall an bestimmten Orten an
der Feierabend: Zeit nach der Arbeit, in der man sich ausruht
jdn. anquatschen (ugs.): jdn. ansprechen, so daß dieser sich belästigt fühlt (oft mit sexuellen Absichten verbunden)

der Laie: *hier:* nicht zum Priester geweihter Gläubiger/Kirchenbesucher
peinlich: unangenehm
unbedingt: auf jeden Fall
bedingungslos: ohne jegliche Bedingungen zu stellen
jeden Anschluß wahrnehmen: *hier:* von jeder Chance, eine Bekanntschaft zu schließen, kritiklos Gebrauch machen

---

Fragen zum Text

1. Warum hört Katharina Beizmenne mit solcher Spannung zu?
2. Wieso herrscht nach Beizmennes Frage eine so große Stille im Raum?
3. Wieso weiß Katharina, daß Beizmennes Behauptung stimmt?
4. Wohin ist Katharina immer gefahren?
5. Was waren die Anlässe zu solchen Fahrten?
6. Warum hat sie nicht immer Else besuchen wollen?
7. Wieso hat sie sich manchmal in eine Kirche gesetzt?
8. Was ist ihr beim Besuch von Bekannten oft peinlich?
9. Wovor fürchtet sich Katharina?

Projekt

I. In diesem Abschnitt spricht Katharina von den Schwierigkeiten, mit denen sie als alleinstehende Frau zu kämpfen hat.
   1. Beschreiben Sie diese Schwierigkeiten und erklären Sie, wie Katharina versucht, damit fertig zu werden.
   2. Worauf ist Katharinas Isolierung zurückzuführen? Inwieweit ist sie persönlich, inwieweit gesellschaftlich bedingt? Meinen Sie, daß Katharinas Wohnsituation zu ihren Problemen beiträgt?
   3. Welche Möglichkeiten sehen Sie selbst, aus einer so isolierten Situation herauszukommen, bzw. sie zu vermeiden?

†II. Alle Personen, die mit Katharina in Berührung kommen, machen sich ein bestimmtes Bild von ihrem Charakter und ihrer Lebensweise.

1. Geben Sie aufgrund Ihrer Kenntnisse des Romans die Eindrücke wieder, die die folgenden Personen von Katharina gewonnen haben:
   (a) Katharinas Nachbarn (Kapitel 19, 21, 34)
   (b) Katharinas Kusinen (Kapitel 29, 30)
   (c) Ihre früheren Arbeitgeber (Kapitel 23)
   (d) Blornas (Kapitel 8, 12, 38, 45, 53)
   (e) Else Woltersheim (Kapitel 28)
   Wie haben diese Personen ihre Eindrücke gewonnen?
2. Arbeiten Sie die Unterschiede heraus!
3. Ergeben diese Einschätzungen ein vollständiges Charakterbild Katharinas? Ergänzen oder widersprechen sich bestimmte Aussagen und Eindrücke? Welche Aspekte in Katharinas Privatleben werden falsch, unvollständig oder überhaupt nicht erkannt?

Übungen zu Wortschatz und Grammatik

1. Dies alles ist nicht sanft

Setzen Sie das passende Attribut ein:

scharf	kräftig	laut
steil	grell	stürmisch

1. Eine sanfte Stimme ist nicht ....
2. Ein sanfter Wind ist nicht ....
3. Ein sanfter Händedruck ist nicht ....
4. Ein sanfter Vorwurf ist nicht ....
5. Ein sanfter Anstieg ist nicht ....
6. Sanfte Beleuchtung ist nicht ....

2. Dies alles ist spröde

Setzen Sie das passende Attribut ein:

trocken	zerbrechlich
heiser	verschlossen

1. Sprödes Glas ist ....
2. Ein spröder Mensch ist ....
3. Spröde Haut ist ....
4. Eine spröde Stimme ist ....

3. Wenn oder als?

Setzen Sie die passende Konjunktion ein:

1. Das erste Mal, ... ich hörte, daß alleinstehende Frauen sich manchmal vor dem Fernseher betrinken, war ich entsetzt.
2. Denn manchmal, ... ich schon um 5 Uhr nach Hause komme, fühle ich mich sehr allein.
3. Und ich kann doch nicht jedes Mal, ... ich mir so einsam vorkomme, meine Bekannten aufsuchen.
4. Früher habe ich mich manchmal in eine Kirche gesetzt, ... mir so zumute war.
5. Aber einmal, ... ich das wieder machte, hat mich jemand angesprochen.
6. Das ist dann noch öfters passiert, ... ich an ruhigen Plätzen Zuflucht suchte.

7. Und deshalb bin ich in letzter Zeit, immer .... es regnete, mit dem Auto losgefahren.
8. Ein- oder zweimal, ... ich sogar bis nach Belgien gefahren bin, kam ich erst sehr spät nach Hause.
9. Aber natürlich bin ich nicht jedesmal, ... ich so durch die Gegend fuhr, bis ins Ausland gekommen.
10. Anscheinend habe ich aber meistens, ... ich solche Ausflüge machte, lange Strecken zurückgelegt.

4. Es scheint so

Formulieren Sie die Sätze um:
Beispiel: Katharina scheint nicht einmal Ärger empfunden zu haben.
   (a) Es scheint so, als habe sie nicht einmal Ärger empfunden.
   (b) Es scheint so, als ob sie nicht einmal Ärger empfunden habe.

1. Sie schien das Problem verstehen zu wollen.
2. Sie schien ängstlich zu sein.
3. Man schien in ein Geheimnis eingedrungen zu sein.
4. Sie schien alles im Kopf nachzurechnen.
5. Sie schien alles genau kalkuliert zu haben.
6. Sie schien zu dem gleichen Ergebnis gekommen zu sein.

5. Ist es anscheinend oder nur scheinbar so?

Formulieren Sie die Sätze um:
Beispiel:
   (a) Er *tut so, als* sage er die Wahrheit.
       (*Bedeutung:* Ich glaube, er sagt nicht die Wahrheit.)
       → Er sagt nur *scheinbar* die Wahrheit.
   (b) Sie *scheint* die Wahrheit zu sagen.
       (*Bedeutung:* Ich glaube, sie sagt die Wahrheit.)
       → Sie sagt *anscheinend* die Wahrheit.

1. Er scheint krank zu sein.
2. Er tut so, als sei er ein Freund.
3. Es scheint, als ob er nicht mehr kommt.
4. Sie tut verschüchtert.
5. Beizmenne tat so, als sei er sanftmütig und ruhig.
6. Sie schien sehr gespannt zu sein.

SPIEGEL *Titel*

Alleinstehende nach Feierabend (im „Drug Store", München): „Jemand, bei dem man sich mal anlehnen kann – das vermisse ich"

„Du bist du, und ich bin ich"

Hermann Schreiber über das Leben in der Ersten Person Einzahl (I)

Von den in der SPIEGEL-Studie als Stichprobe ermittelten Frauen und Männern zwischen 25 und 45 Jahren, die allein leben

- ist nur etwa die Hälfte aus freier Entscheidung und aus Überzeugung allein; die andere Hälfte ist umständehalber oder notgedrungen, jedenfalls wider Willen, ohne dauerhafte Partnerschaft;
- wird das Alleinleben nur dann als positiv empfunden, wenn es prinzipiell die Möglichkeit des Kontaktes zu anderen Menschen einschließt und sofern die betreffende Person selber in ein System zwischenmenschlicher Beziehungen eingebunden bleibt;

werden zwar mehrheitlich intime Beziehungen unterhalten, aber fast immer unter einem rational-kritischen Vorbehalt und mit eingebauter Distanz; von Liebe ist in solchen Beziehungen nur selten und von gemeinsamer Zukunft so gut wie nie die Rede;

- wollen weitaus die meisten, nämlich drei Viertel, nicht auch noch im Alter allein bleiben; aber kaum einer weiß, ob und wie das gelingen wird;

Swinging Singles? Wenn überhaupt, dann ist das Adjektiv ganz wörtlich zu nehmen; schwankend, pendelnd zwischen Euphorie und Depression, zwischen dem Glanz der

Unabhängigkeit und dem Gespenst der Einsamkeit.

Zwei Gruppen gibt es also: Die eine bejaht das Alleinsein prinzipiell, weil sie die so gewonnene Freiheit und Selbständigkeit höher bewertet als das ständige Zusammensein mit einem Partner. Die andere Gruppe leidet eher unter dem Alleinsein, möchte es so schnell wie möglich beenden und wieder mit einem Menschen zusammenleben, kann diesen Wunsch aber derzeit nicht erfüllen, weil ein Partner, der den zum Teil sehr hohen Ansprüchen genügen würde, nicht zu sehen ist. Beide Gruppen verteilen sich annähernd gleichmäßig über alle abgefragten Jahrgänge.

(Fortsetzung S.54)

Wörter und Wendungen

die Stichprobe: Untersuchung eines Teils, von dem man aufs Ganze schließt
ermitteln: durch wissenschaftliche Methoden finden

umständehalber: wegen besonderer Umstände, Verhältnisse
notgedrungen: zwangsweise, unfreiwillig
mehrheitlich: *hier:* von der Mehrheit
der Vorbehalt: Einschränkung

Fragen zum Text

1. Was für Personen wurden für die *Spiegel*-Studie befragt?
2. Leben alle diese Personen gerne allein?
3. Unter welchen Umständen leben die Befragten gerne allein?
4. Wie stehen sie zu intimen Beziehungen? Wie zur Liebe?
5. Was sagen sie über gemeinsame Zukunftspläne?
6. Was für Wünsche haben sie für ihr Leben im Alter?
7. Wieso meint der Autor des Artikels, man könne den Ausdruck „swinging" wörtlich nehmen?

Zusammenfassende Fragen zum Text

1. Beschreiben Sie im Detail die Einstellung der beiden zitierten Gruppen zum Alleinleben (s. letzter Abschnitt).
2. Wie meinen Sie, ließe sich Katharina hier einordnen? Begründen Sie Ihre Meinung.

Diskussion

Finden Sie selbst, daß das Alleinleben eine echte alternative Lebensform darstellt? Wo sehen Sie die Probleme?

6. Alle möglichen Gegenteile

Setzen Sie die korrekte Form ein:
Beispiel: Kein interessanter, sondern ein **un**interessanter Film.

---
un- in- de- a- ir- des-

---

1. Kein rationales, sondern ein .... Gefühl.
2. Kein kritischer, sondern ein .... Bericht.
3. Kein normales, sondern ein .... Verhalten.
4. Kein diskreter, sondern ein .... Reporter.
5. Kein interessiertes, sondern ein .... Publikum.
6. Kein konstruktiver, sondern ein .... Vorschlag.

7. Alles schwankt

Setzen Sie den passenden Ausdruck ein:

---
sich ändern taumeln fluktuieren
schlingern sich biegen

---

1. Schwankende Zweige ....
2. Ein schwankendes Schiff ....
3. Ein hin und her schwankender Betrunkener ....
4. Ein schwankender Wechselkurs ....
5. Eine schwankende Stimmung .... oft.

8. Ein Pendel gibt es nicht!

Welche Kombination ist nicht möglich?

Pendel-
(a) -uhr
(b) -tür
(c) -fenster
(d) -verkehr

Erklären Sie die drei korrekten Ausdrücke.

9. ?—frei—?

Bilden Sie die passenden Ausdrücke mit **frei**:
Beispiele:
—gebig —Er macht gern Geschenke; er ist sehr → *freigebig.*
—schul —An Feiertagen müssen die Kinder nicht in die Schule; sie haben → *schulfrei.*

-willig- -wert- -schmerz- -sorgen-
-händig- -mütig- -beruflich-

---

1. Ihr Urteil ist unparteiisch; es ist ....
2. Seit der Operation tut ihm nichts mehr weh; er ist vollkommen ....
3. Sie kann Fahrrad fahren, ohne sich dabei an der Lenkstange festzuhalten; sie kann .... fahren.
4. Er hat das alles aus freien Stücken getan; er tat alles ....
5. Er ist nicht fest angestellt, sondern arbeitet ....
6. Sie sprach ohne jeden Argwohn und äußerte .... ihre Meinung.
7. Sie hat überhaupt keine Probleme; sie führt ein .... Leben.

10A. Freistellen oder freistehen?

1. Ich überlasse dir die Entscheidung. Es .... dir völlig frei, was du unternehmen willst.
2. Er wurde vom Militärdienst frei ...., weil er ein schwaches Herz hat.
3. Mach was du willst! Ich .... es dir völlig frei!

B. Freimachen oder freilegen?

1. Bei den Ausgrabungen wurde ein alter römischer Tempel frei ....
2. Hier hast du eine Briefmarke. Könntest du bitte den Brief frei ....?
3. Ich habe Theaterkarten für morgen abend. Kannst du dich dafür frei ....?

C. Freihalten oder freigeben?

1. Ich muß noch kurz telefonieren. Kannst du mir bitte inzwischen meinen Sitz frei ....?
2. Die gesperrte Straße wurde endlich wieder für den Verkehr frei ....
3. Du darfst hier nicht parken. Hier steht: Ausfahrt frei ....!
4. Das war ein billiger Abend für uns alle. Wir bezahlten gar nichts, denn er wollte unbedingt die ganze Gesellschaft frei ....
5. Ich mußte zum Arzt und habe mir deshalb von meinem Chef den Vormittag frei .... lassen.

11A. Real oder reel?

1. Ein ernstgemeinter Vorschlag ist ein .... Vorschlag.
2. Ein gediegener Geschäftsabschluß ist ein .... Geschäftsabschluß.

B. Rational oder rationell?

1. Vernunftsgemäßes Denken ist .... begründet.
2. Ein gutorganisiertes Unternehmen arbeitet ....

C. Formell oder formal?

1. Ein Grammatikfehler is: ein .... Sprachfehler.
2. Ein Fehler in den Umgangsformen ist ein .... Fehler.

12. Zusammensetzungen

Erklären Sie die folgenden Ausdrücke:
Beispiele:
Typ A: *taubstumm* → Ein taubstummer Mensch ist taub und stumm.
Typ B: *lebenslustig* → Ein lebenslustiger Mensch ist zufrieden mit seinem Leben.

1. eine rational-kritische Einstellung;
2. zwischenmenschliche Beziehungen;
3. ein kontaktscheuer Mensch;
4. eine sozio-historische Untersuchung;
5. eine bindungsschwache Jugend;
6. manisch-depressive Stimmungen;
7. gleichaltrige Freunde;
8. naßkaltes Wetter;
9. ein vollwertiger Geschäftspartner;

Bild I: *Trend zum Allein-Wohnen*
(Der Spiegel)

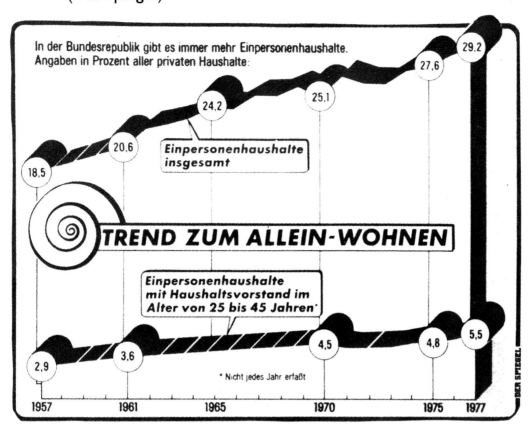

Diskussion

Welche Konsequenzen ergeben sich aus dem
wachsenden Trend zum Allein-Wohnen, z.B. in bezug
auf die Wohnsituation, den Wohnungsmarkt, die
Bevölkerungsstruktur?

Projekt

Wie ist die Situation in Ihrem eigenen Land? Sind
ähnliche Tendenzen festzustellen?

Übungen

13. Welche Präposition?

Setzen Sie ein:

in	von	bis	zwischen	um	auf	von

.... der Zeit .... 1957 .... 1977 ist die
Anzahl der Einpersonenhaushalte .... 18,5 %
.... 29,2 % gestiegen. .... den Jahren 1961
und 1965 gab es eine besonders hohe Steigerungsziffer,
und zwar haben sich die Einpersonenhaushalte ....
3,6 % auf 24, 2 % aller privaten Haushalte erhöht.

14. Anzahl, Nummer, Ziffer, Reihe?

Setzen Sie ein:
1. Ach bitte, gib mir doch deine neue Telefon ....!
2. Die weiß ich leider noch nicht. Ich weiß nur, daß sie
   aus sechs .... besteht. Aber hier ist meine
   neue Adresse, mit Straße und Haus ....
3. Lebst du da aber nicht sehr einsam?
4. Ganz und gar nicht! Es gibt dort eine ganze ....
   von Häusern in der Nachbarschaft. Die genaue
   .... der Nachbarn weiß ich natürlich noch nicht.

„Du bist du, und ich bin ich"

Aber: Kann man in diesem Land denn überhaupt schon ungehindert allein leben? Wird das Alleinleben von den Menschen in der Bundesrepublik als alternative Lebensform akzeptiert? Jein—so jedenfalls lautet die Antwort, wenn die Alleinlebenden hierzulande selber gefragt werden, ob sie sich von ihrer Umwelt angenommen fühlen. Dann artikulieren sie mehrheitlich das Gefühl, Außenseiter (mindestens Abweichler) von der gesellschaftlichen Norm zu sein—aber ohne daß dies besondere Belastungen ihrer Psyche oder andere Nachteile zur Folge hätte.

Nur knapp zwanzig Prozent der „Getas"-Stichprobe haben „überhaupt noch nie Vorbehalte" gespürt. Die übrigen referieren, einigermaßen stereotyp, Vorurteile vor allem der konservativ gesonnenen Mitmenschen sinngemäß so: Alleinlebende

- entsprechen nicht der noch immer anerkannten gesellschaftlichen Norm, im Erwachsenenalter zu heiraten und Kinder zu haben, sind also Außenseiter;
- sind kontaktscheu und bindungsschwach, jedenfalls nicht imstande, mit einem anderen Menschen zusammen zu leben;
- haben keinen Partner „abge-

kriegt", weil sie entweder dumm oder faul oder böse oder häßlich sind.

Verhältnismäßig viele Frauen ohne den sprichwörtlichen Mann im Haus fühlen sich auch heute nicht für voll genommen, immer noch „als Anhängsel des Mannes" betrachtet oder aber „schief angeguckt", wenn sie allein in ein Restaurant gehen. Ihnen begegnet als Vorurteil Nummer eins das offenbar unvermindert wirksame Verdikt: Eine Frau ist nur ein vollwertiger Mensch mit Ehemann.

Wörter und Wendungen

jein (ugs.): ja und nein
hierzulande: in unserem Land
ein Gefühl artikulieren: ein Gefühl in Worten ausdrücken
der Abweichler: von **abweichen:** nicht dem vorgeschriebenen Weg folgen
„Getas": Gesellschaft für angewandte Sozialpsychologie
Vorbehalte (Pl.): Bedenken
referieren: über etwas berichten
gesonnen: *hier:* denkend und fühlend; eingestallt

kontaktscheu: zu schüchtern, um Kontakte zu knüpfen
bindungsschwach: unfähig, tiefere Beziehungen zu anderen Menschen aufzunehmen
abkriegen (ugs.): bekommen
jdn. für voll nehmen: jdn. ernst nehmen, akzeptieren
das Anhängsel: eine Person, die nicht auf eigenen Beinen stehen kann und von jemand anderem abhängig ist
jdn. schief angucken (ugs.): jdn. kritisch-ablehnend betrachten

---

Fragen zum Text

1. Haben Alleinlebende das Gefühl, von ihrer Umwelt anerkannt zu werden?
2. Welchen Vorurteilen seitens ihrer Mitmenschen fühlen sie sich ausgesetzt?
3. Mit welchen Vorurteilen müssen alleinlebende Frauen zusätzlich fertig werden?

Zur Diskussion

1. Vergleichen Sie die Aussagen alleinlebender Menschen in Text 2A und 2B mit Katharinas Bericht in Text 1. Wo sehen Sie Parallelen, wo Unterschiede?
2. Vergleichen Sie die im *Spiegel*-Artikel genannten Vorurteile mit den Vorurteilen, denen Katharina ausgesetzt wird, z.B. in bezug auf:
   - Herrenbesuche
   - Geschenke und Einkommen
   - ihre Ausfahrten
   - ihre Beziehung zu Götten

Projekt

Die Art und Weise, in der alleinlebende Menschen beurteilt werden, wird von einer Reihe von Faktoren beeinflußt, die im *Spiegel*-Artikel nicht erwähnt werden, wie Alter, Geschlecht, Beruf, sozialer Status, u.s.w.

Eine alleinstehende 18jährige Verkäuferin wird z.B. anders gesehen als eine alleinstehende 30jährige Verkäuferin. Eine 30jährige alleinlebende Ärztin fällt wiederum in eine ganz andere Kategorie. Ein alleinstehender Mann von 35 Jahren kann als dynamisch und zielstrebig gelten, eine Frau gleichen Alters in einer vergleichbaren Position als ehrgeizig und verbissen!

Welche verschiedenen gesellschaftlichen Gruppen haben Ihrer Meinung nach unter den einzelnen, im *Spiegel* zusammengefaßten Vorurteilen besonders zu leiden?

Übungen zu Wortschatz und Grammatik

15.

Erklären Sie die folgenden Ausdrücke aus Text 2B:
1. Vorurteile der konservativ gesonnenen Mitmenschen
2. eine noch immer anerkannte gesellschaftliche Norm
3. ein offenbar unvermindert wirksames Verdikt
4. Der sprichwörtliche Mann im Haus.

16. Eine grob-vulgäre Beurteilung

A. *Ersetzen Sie die umgangssprachlichen Ausdrücke durch neutrale Begriffe:*
1. Weil sie immer *ein Anhängsel* ihrer Mutter war, wurde sie von den anderen nie *für voll genommen.*
2. Jedesmal, wenn ein Mann sie *anquatschte*, wurde er von der Mutter *schief angeguckt.*
3. Und so hat sie denn auch schließlich keinen Partner *abgekriegt.*

B. *Tauschen Sie bei der vorliegenden und bei Ihrer neuformulierten Version die Geschlechter aus:*

sie → er
er → sie

Was fällt Ihnen dabei auf? Wird ein Mann in derselben Situation gleich beurteilt?

17. Karl ist begeistert von Nina, Otto lehnt sie ab.

Beispiel: gefühlvoll/rührselig → Karl findet sie gefühlvoll, Otto hält sie für rührselig.
1. empfindlich/empfindsam
2. überspannt/gefühlsbetont
3. sentimental/romantisch
4. fleißig/streberhaft
5. zielstrebig/verbissen
6. humorvoll/albern
7. kindisch/witzig
8. affektiert/geistvoll
9. schlagfertig/vorlaut

Frage

Was wird hier karikiert? Welche Vorstellungen haben die beiden Sprecher
(a) von Langhaarigen?
(b) von Linken?
(c) von der Institution Familie?

Zeichnung von Stano Kochan (Pardon)

„Eindeutig ein Linksradikaler! Reine Tarnung, diese Masche mit Frau und Kind!"

Wörter und Wendungen

die Tarnung: sich tarnen: sich der Umgebung anpassen, um nicht aufzufallen; sein wahres Gesicht verbergen
die Masche: modische Angewohnheit; *hier:* Trick

Wörter und Wendungen zu Text 3 (S.56)

mit jdm. liiert sein: zu jdm. eine feste Beziehung haben
jdn. nicht missen wollen: nicht ohne jdn. sein wollen
ein unangetasteter Bereich: ein Bereich, der nur einem selbst gehört
der Bildhauer: Künstler, der Skulpturen herstellt
aufrichtig: ehrlich
ein Preislied singen: *idiomatisch für:* loben, positiv beurteilen

beeinträchtigt: in seiner Freiheit eingeengt
sich erschließen: *hier:* sich schaffen, sich eröffnen
gut aufeinander eingestellt sein: die Bedürfnisse des anderen kennen und auf sie Rücksicht nehmen
der Fundus: Gesamtbestand
die Fallstudie: genaue Untersuchung menschlichen Verhaltens anhand von ausgewählten Einzelfällen
mannigfach: vielfältig
bis dato: bis zu diesem Zeitpunkt
das Manko: Mangel

„Du bist du, und ich bin ich"

Hermann Schreiber über das Leben in der Ersten Person Einzahl (I)

Annemarie zum Beispiel: Sie ist ledig, 26 Jahre alt, arbeitet freiberuflich als Journalistin und ist seit drei Jahren fest liiert mit einem 44jährigen Bildhauer, den sie nicht missen möchte. Ihr Freund kommt täglich, manchmal schon morgens, „und dann abends meist noch mal". Aber er wohnt woanders. Und das soll so sein.

„Ich teile ausgesprochen gern, aber nur freiwillig", sagt Annemarie, die es versteht, auf eine sachliche Weise fröhlich zu sein. „Ich kann nicht ständig alles teilen, weder meine Wohnung noch mein Bett." Sondern sie braucht ihren „unangetasteten Bereich", wo sie sich „nicht immer anstrengen muß", wo nicht „irgendwelche Erwartungen an mich gestellt" werden—also „den totalen Raum für mich, in den ich Leute hereinhole".

Ihren Freund vor allem holt sie herein, den Bildhauer, mit dem sie durchaus „für längere Zeit zusammenbleiben" will, weil er „die gleichen Bedürfnisse" hat wie sie und weil die beiden „über alles reden" können. Annemarie findet ihn „bescheiden, ruhig, witzig, humorvoll, einfallsreich und ausgesprochen tolerant", sie macht gern mit ihm gemeinsam Urlaub und nimmt ihn an Weihnachten mit heim zu ihren Eltern, denn er hat keine mehr.

Kurzum: Die beiden „leben praktisch zusammen, nur eben nicht räumlich".

Oder nehmen wir ein anderes Beispiel—Sigrid, 42 Jahre alt, Mutter zweier Kinder, geschieden und längst nicht so fröhlich wie Annemarie, seit einem Jahr intim befreundet mit einem gleichfalls geschiedenen, nahezu gleichaltrigen Architekten, an dem sie vor allem „seine guten Manieren" und „seine Zurückhaltung" schätzt.

„Wegen der Kinder" geht sie meist zu ihm in die Wohnung; aber dorthin ziehen will sie nicht. Für Sigrid hat „dieses Getrenntleben nun aber nichts damit zu tun, daß man den Partner nur zu bestimmten Zeiten sehen möchte". Sondern: „Man lebt dadurch vielleicht etwas leichter und aufrichtiger, weil man unabhängiger ist. Und man tut bestimmt mehr für den Partner."

Das meint Annemarie auch, nur legt sie entschieden Wert auf noch mehr Distanz. „Ich habe einfach keine Lust, ständig mit meinem Partner zusammen zu sein, sondern kann ihm nur dann etwas geben, wenn ich im Rükken meine räumliche Freiheit habe."

Auch Männer singen solche Preislieder auf die räumliche Freiheit: Albert zum Beispiel, ein geschiedener Rechtsanwalt, 34 Jahre alt, seit drei Jahren mit einer gleichaltrigen Kollegin liiert, die meistens zu ihm kommt, weil er die größere Wohnung hat, „wo man auch am Wochenende sich aus dem Weg gehen kann".

Je älter man werde, meint Albert, „desto stärker fühlt man sich beeinträchtigt durch einen Partner, der tage- oder gar wochenweise in der Wohnung ist". Deshalb vor allem gefällt ihm an seiner Freundin, „daß sie einen eigenen Lebenskreis für sich erschließt", jedenfalls nicht darauf angewiesen ist, „mit dem Partner, also mit mir, einen ausschließlichen Lebenskreis zu begründen".

So ähnlich motiviert auch Martin, ein dreißigjähriger Musiklehrer, seinen Entschluß, nicht mit der Freundin zusammenzuziehen, obwohl ihn bereits sechs Jahre lang „teils Liebe, teils Gewohnheit" an diese Frau binden. Er verbringt „mehrmals in der Woche" einen Abend oder auch die Nacht mit ihr, meistens in ihrer Wohnung; denn sie hat zwei Katzen zu versorgen; man ist auch im Urlaub und an Weihnachten beisammen, ist überhaupt „ganz gut aufeinander eingestellt".

Gleichwohl glaubt er, „daß Zusammenleben für unsere Beziehung nicht erträglich wäre, weil zu unterschiedliche Interessen vorhanden sind" und weil beide „stark das Bedürfnis nach Unabhängigkeit" haben.

Vier Beispiele, die sich mühelos verzehnfachen ließen aus dem Fundus der insgesamt 104 Fallstudien Alleinlebender, über die hier berichtet wird.

Intime Beziehungen: ja, Zusammenleben unter einem Dach: nein—das ist die vergleichsweise ungewöhnliche Vorstellung von Partnerschaft, die sich unverhofft wie das Modell einer neuen Zweierbeziehung im Ergebnis einer psychologischen Untersuchung über Alleinlebende abzeichnet.

Eine Bestätigung fast alles dessen, was diese Untersuchung über das Leben allein zutage gefördert hat, bietet eben die Konfrontation mit der Frage nach dem „getrennten Zusammenleben". Eindeutig die Mehrheit der Befragten sympathisiert mit dieser Lösung oder praktiziert sie gar selber.

In ihren Antworten steckt sozusagen die Summe der Erfahrungen, die Alleinlebende mit den mannigfachen Problemen der Partnerschaft bis dato gemacht haben: Das Beibehalten getrennter Wohnungen

1. manifestiert nach außen hin den Willen zu Freiheit und Selbständigkeit;
2. hilft Konflikte zu vermeiden, die sich bei einem Zusammenleben notwendigerweise einstellen;
3. läßt den Partnern die Möglichkeit, sich zurückziehen und mit sich allein sein zu können, wann immer sie das wünschen;
4. erhält der Beziehung den Reiz und die Spannung des Besonderen, des Nichtalltäglichen, und hilft Gewöhnung und Langeweile fernzuhalten.

Diesen positiven Urteilen entsprechen nur wenige, die das Beibehalten getrennter Wohnungen als Manko sehen und die es sich bloß mit mangelnder Zuneigung der Partner, mit Risikoscheu oder mit Bindungsangst erklären können.

Zusammenfassende Fragen zum Text

1. Was für Gründe nennen die vier zitierten Personen für ihre Art zu leben?
2. Inwiefern überschneiden sich diese Gründe, inwiefern unterscheiden sie sich?

Diskussion

Überprüfen Sie die in der Zusammenfassung genannten Argumente 1–4, die für das Beibehalten getrennter Wohnungen sprechen:

zu Punkt 1:

Wie würden Sie „Freiheit" und „Selbständigkeit" definieren? Was für eine Rolle sollten diese beiden Werte Ihrer Meinung nach in einer festen Beziehung spielen?

Lassen sich diese Konzepte innerhalb einer Ehe oder einer eheähnlichen Gemeinschaft nicht verwirklichen?

zu Punkt 2:

Welchen Stellenwert messen Sie dem Konflikt und der Auseinandersetzung bei: ist Konfliktvermeidung notwendigerweise das richtige Rezept für eine intensive und gute Beziehung? Laufen die Partner dabei nicht Gefahr, Probleme zu verdrängen und sich dadurch zu entfremden?

Übungen zu Wortschatz und Grammatik

18. Raum/räumlich

Erklären Sie die folgenden Ausdrücke in ihrem Zusammenhang aus dem Text:

1. „Ich brauche *den totalen Raum für mich*, in den ich Leute hereinhole."
2. „Wir leben *praktisch* zusammen, nur eben nicht *räumlich*."
3. „Ich brauche meine *räumliche Freiheit im Rücken*."

19. Dies alles ist ruhig

Ersetzen Sie ruhig durch das entsprechende Wort:

1. Ein ruhiges Abendessen   (a) unbelastet
2. Ein ruhiges Gewissen   (b) ausgeglichen
3. Ein ruhiger Mensch   (c) ungestört
4. Eine ruhige See   (d) lärmfrei
5. Ein ruhiger Motor   (e) unbewegt

20. selbst-

Ersetzen Sie die schräggedruckten Ausdrücke durch deren Synonyme:

---

selbständig   selbstgefällig   selbstbewußt
selbstherrlich   selbstverständlich

---

1. Es ist doch ganz *klar*, daß ich meinen Freunden helfe.
2. Er hat sämtliche Voraussetzungen, die Arbeit *ohne fremde Hilfe* auszuführen.
3. Sein Erfolg ist ihm zu Kopf gestiegen, und er ist leider sehr *eitel* geworden.
4. Sie kennt ihren eigenen Wert und ist *sicher in ihrem Auftreten*.
5. Seit sie an die Macht kam, regiert sie das Land rücksichtslos und *tyrannisch*.

21. Die positive und die negative Seite

Welcher Einwand paßt zu welchem Argument?
Argumente:

1. Ich möchte ein freier Mensch bleiben.
2. Ich will mir meinen eigenen Lebenskreis erschließen.
3. Ich möchte Konflikte vermeiden.
4. Ich brauche die Möglichkeit, mich zurückzuziehen.

Einwände:

(a) Du hast Angst, dich zu binden.
(b) Du willst Probleme verdrängen.
(c) Du willst dir immer einen Fluchtweg sichern.
(d) Du bist egozentrisch.

22. Wohnen oder leben?

Vorsicht! Manchmal sind beide Wörter möglich!

1. Ich esse kein Fleisch, rauche nicht und trinke keinen Alkohol; mit einem Wort, ich .... gesund.
2. Ich fahre dich nach Hause. Wo .... du?
3. .... dein Vater noch?—Nein, er ist vor 2 Jahren gestorben.
4. Ich bin 1955 ausgewandert und .... seitdem in Amerika.
5. Ich komme mit meiner Freundin viel besser aus, seit wir getrennt ....
6. Wo würdest du grundsätzlich lieber ...., auf dem Land oder in der Stadt?
7. Stimmt das wirklich?—Ja, so wahr ich ....!
8. In welchem Stock .... du?—Ich .... im dritten Stock.
9. Faust:„Zwei Seelen ...., ach, in meiner Brust!"
10. Ihre Ehe ist zwar noch nicht geschieden, aber sie .... seit Jahren getrennt.
11. Wo kann ich dich im Moment erreichen?—Bis ich eine feste Unterkunft gefunden habe, werde ich wohl im Hotel .... müssen.
12. Wie geht es denn deinem Freund?—Seit seiner großen Erbschaft versagt er sich keinen Luxus und .... wie Gott in Frankreich.

23. Die kitschige Geschichte eines Egozentrikers

Setzen Sie die passende Form ein:

Beispiele:
(a) Infinitiv **ohne** *zu*: Ich höre dich → singen.
(b) Infinitiv **mit** *zu*: Ich rate dir → zu gehen.
(c) Partizip Perfekt: Ich fühle mich → im Stich gelassen.

---

1. (*sitzen*) Nach einjähriger Trennung sah ich sie wieder in unserem Lieblingslokal ....
2. (*schlagen*) Sofort fühlte ich mein Herz bis zum Hals ....
3. (*anziehen*) Ich fühlte mich nämlich immer noch sehr stark von ihr ....
4. (*versöhnen*) Also bat ich sie, sich noch einmal mit mir ....
5. (*protestieren*) Ich hörte sie ....
6. (*überlegen*) Ich empfahl ihr, es sich noch einmal ....

57

7. *(nachdenken)* Ich ließ ihr sogar die Möglichkeit, ein paar Minuten darüber ....

8. *(wachsen)* Ich fühlte meinen Einfluß auf sie langsam ....

9. *(überreden)* Zu meiner größten Überraschung ließ sie sich jedoch nicht ....

10. *(vorgehen)* Also mußte ich anders ....

11. *(zurückkommen)* Ich befahl ihr, zu mir ....

12. *(verlassen)* Ich verbot ihr, mich wieder ....

13. *(befehlen)* Aber sie ließ sich nichts ....

14. *(weggehen)* Ich hörte sie ....

15. *(stärker werden)* Da sitze ich nun, und fühle den Schmerz in meinem Herzen ....

16. *(verraten)* Ich fühle mich von allen Menschen ....!

24. Mein Freund—dein Freund! Über Geschmack läßt sich streiten oder: Liebe macht blind! Ein Gespräch

A. *Setze Sie die negativen Wertungen ein:*

---

langweilig — schüchtern — nachgiebig — sprunghaft — frivol

---

1. „Mein Franz ist halt doch ganz anders als dein Fritz. Ein richtiger Gemütsmensch ist er, und vor allen Dingen so *ruhig!*"

2. „Ein rechter Trottel ist er; das nenn' ich nicht ruhig, sondern .... Mein Fritz dagegen, da wird die Zeit nie zu lang. Er ist eben so *impulsiv* und hat ständig neue Ideen."

3. „Daß ich nicht lache! Er ist kapriziös und ...., und er hält dich dauernd in Atem. Außerdem schielt er ständig nach den Frauen. Ja, mein Franz ist doch ein richtiger Engel dagegen, und so *zurückhaltend.*"

4. „Und weißt du auch, warum er so zurückhaltend ist? Er traut sich einfach nichts zu: er ist von Haus aus viel zu .... —kein Wunder, bei seiner tyrannischen Mutter. Da ist ihm auch der Humor vergangen. Du weißt ja selbst, wie *humorvoll* mein Fritz ist!"

5. .... nenn ich das, und nicht humorvoll! Naja, aber ich hab's halt von meinem Franz gelernt, daß man in solchen Fällen *tolerant* sein muß."

6. Er ist nicht tolerant, sondern viel zu .... und charakterschwach. Ständig hat er Angst, seine eigene Meinung zu äußern.

B. Schreiben Sie selbständig eine Fortsetzung unter Benutzung folgender Ausdrücke:

---

unkompliziert — einfältig komplex — schwierig höflich — steif locker — leichtfertig

---

2. Kapitel: Das Leben zusammen—konventionell

Drei Kommentare (Textauszüge aus KB)

Text 1A: *Frau Woltersheims Aussage (aus Kapitel 28)*

„Ja, Frau Blum, Katharinas Mutter, sei sehr labil, streckenweise auch Alkoholikerin gewesen, aber man müsse sich diesen ewig nörgelnden, kränklichen Mann—Katharinas Vater—vorstellen, der als Wrack aus dem Krieg heimgekommen sei, dann die verbitterte Mutter und den—ja man könne sagen mißratenen Bruder. Ihr sei auch die Geschichte der völlig mißglückten Ehe bekannt. Sie habe ja von vornherein abgeraten, Brettloh sei—sie bitte um Verzeihung für diesen Ausdruck—der typische Schleimscheißer, der sich weltlichen und kirchlichen Behörden gegenüber gleich kriecherisch verhalte, außerdem ein widerwärtiger Angeber. Sie habe Katharinas frühe Ehe als Flucht aus dem schrecklichen häuslichen Milieu betrachtet, und wie man sehe, habe sich ja Katharina, sobald sie dem häuslichen Milieu und der unbedacht geschlossenen Ehe entronnen sei, geradezu vorbildlich entwickelt."

Zusammenfassende Fragen

1. Wie beschreibt Else Woltersheim Katharinas unmittelbare Verwandte: Mutter, Vater und Bruder?

2. Was hält Else von Katharinas ehemaligem Ehemann und wie war ihre Einstellung zu Katharinas Ehe mit ihm?

3. Was für Gründe hatte Katharina nach Elses Meinung für ihre Ehe mit Brettloh?

4. Wie sieht Else Katharinas spätere Entwicklung?

Diskussion

Wie beurteilt Else die Ehe von Katharinas Eltern und die von Katharina selbst?

Text 1B: *Kommissar Beizmenne zu Katharina (aus Kapitel 24)*

„Wie wollen Sie mir—uns—erklären, daß Sie, die Sie als
zimperlich, fast prüde bekannt sind, die Sie von Ihren
Bekannten und Freunden den Spitznamen „Nonne"
erhalten haben, die Diskotheken meidet, weil es dort zu
wüst zugeht—sich von ihrem Mann scheiden läßt, weil er
„zudringlich" geworden ist—, wie wollen Sie uns dann
erklären, daß Sie—angeblich—diesen Götten erst vorge-
stern kennengelernt haben und noch am gleichen Tage—
man könnte sagen stehenden Fußes—ihn mit in ihre
Wohnung genommen haben und dort sehr rasch—na sagen
wir—intim mit ihm geworden sind. Wie nennen Sie das?
Liebe auf den ersten Blick? Verliebtheit? Zärtlichkeit?
Wollen Sie nicht einsehen, daß es da einige Ungereimtheiten gibt, die den Verdacht nicht so ganz auslöschen?"

Zusammenfassende Fragen

1. Was will der Spitzname „Nonne" hinsichtlich
   Katharinas Leben besagen?
2. Wie hat sich Katharina Ludwig Götten gegenüber
   gleich von Anfang an verhalten?

Diskussion

Beizmenne sieht in Katharinas Verhalten einen
Widerspruch, den er sich nicht erklären kann.

1. Worin besteht dieser Widerspruch?
2. Inwiefern basiert Beizmennes Unverständnis auf
   seinen eigenen Vorstellungen und Vorurteilen?
3. Was halten Sie persönlich von Beizmennes
   Einstellung? Finden Sie sie ungewöhnlich oder sehen
   Sie Parallelen zu gesellschaftlichen Vorurteilen, wie
   sie in den *Spiegel*-Artikeln zur Sprache kamen?
4. Halten Sie Beizmennes Haltung für gerechtfertigt?

Text 1C: *Katharina über Götten (aus Kapitel 26)*

Es soll auch niemandem vorenthalten werden, was
Katharina zu Frau Woltersheim über Götten sagte:
„Mein Gott, er war es eben, der da kommen soll, und ich
hätte ihn geheiratet und Kinder mit ihm gehabt—und
wenn ich hätte warten müssen, jahrelang, bis er aus dem
Kittchen wieder raus war."

Wörter und Wendungen

labil: leicht aus dem Gleichgewicht zu bringen
streckenweise: zu gewissen Zeiten; zeitweise
nörgeln: kritisieren
mißraten: *hier*: ohne Erfolg im Leben und mit
  kriminellen Tendenzen
der Schleimscheißer (vulg.): Heuchler; jemand, der
  es allen recht machen will
kriecherisch: unterwürfig
zimperlich: überempfindlich
es geht dort wüst zu: die Leute dort verhalten sich
  anstößig und unmoralisch
angeblich: *hier*: wie Sie behaupten wollen
Ungereimtheiten (Pl.): Unklarheiten; Sachen, die
  keinen Sinn ergeben
das Kittchen (ugs.): Gefängnis

Zusammenfassende Fragen zu Text 1C

1. Wie äußert sich Katharina über ihre Gefühle zu
   Ludwig Götten?
2. Was für Rückschlüsse auf Katharinas Einstellung zu
   Ehe und Familie lassen sich daraus ziehen?

Projekt

In den ersten vier Texten der 3. Einheit wurden Sie mit
verschiedenen Konzepten für das Leben alleine oder zu
zweit konfrontiert. Fassen Sie diese verschiedenen
Lebensformen noch einmal zusammen und nehmen Sie
Stellung dazu:

Welche spezifischen Probleme erwachsen Ihrer
Meinung nach aus den einzelnen Lebensformen? Womit
sympathisieren Sie am meisten? Und warum?

Übungen zum Wortschatz

1. Welche Erklärung stimmt?

Er tut etwas „stehenden Fußes":
(a) ohne Umstände, sofort;
(b) zu Fuß, ohne Auto;
(c) nüchtern, ohne Einfluß von Alkohol.

2. Je ein Wort fällt aus der Reihe!

1. nörgeln, meckern, kritisieren, schwätzen;
2. mißraten, mißglückt, mißfallen, mißlungen;
3. zimperlich, empfindsam; ängstlich, wehleidig;

3. wider- oder wieder-?

Setzen Sie den passenden Ausdruck mit der geeigneten Vorsilbe ein:

Beispiel: -erweckt: Dornröschen wurde durch einen Kuß → wiedererweckt.
-sinnig: Diese Aussage ist → widersinnig.

-willig	-wärtig	-belebt	-geholt
-rufen	-spenstig	-holt	-sprüchlich

1. Er hat das *ungern* getan.
2. Er hat das *öfter* gemacht.
3. Das Urteil wurde *für ungültig* erklärt.
4. Sie findet die ganze Geschichte *ekelhaft.*
5. Das Kind hat den Ball *zurückgeholt.*
6. Die zwei Aussagen sind *nicht miteinander vereinbar.*
7. Was für ein *unfügsames* Kind.
8. Der Ertrinkende wurde *zu neuem Leben erweckt.*

Text 2A: *Die Ehe—Bedeutung, Wirkungen*

1. Lebenslange Gemeinschaft

Das neue Gesetz sieht die Ehe im Grundsatz als lebenslange Gemeinschaft von Mann und Frau. Sein erster Satz—„Die Ehe wird auf Lebenszeit geschlossen"—bekräftigt den Artikel 6 Absatz 1 des Grundgesetzes, der Ehe und Familie den besonderen Schutz der staatlichen Ordnung verspricht.
Im Sinne des Gesetzes bedeutet die Ehe, daß Frau und Mann
— eine Lebensgemeinschaft (das ist häusliche Gemeinschaft) führen,
— einen gemeinsamen Familiennamen tragen,
— gemeinsam regeln, wie und von wem der Haushalt geführt wird und ob beide oder wer einem Beruf nachgehen soll,
— durch ihre Arbeit und mit ihrem Vermögen die Familie unterhalten,
— aufeinander und auf die Familie Rücksicht nehmen.

2. Gleiche Rechte für die Ehegatten

Hier wie in allen Bestimmungen geht das neue Gesetz von gleichen Rechten und Pflichten der Ehegatten aus. Es kennt keine traditionellen Rollen und Vorrechte mehr, es setzt keine Leitidee, es überläßt die Entscheidung in den wesentlichen Fragen der Ehe—Namen, Haushaltsführung, Erwerbstätigkeit—den Ehepartnern selbst.

3. Haushalt und Beruf

Mit seinen Bestimmungen über die Haushaltsführung und Erwerbstätigkeit zieht das neue Recht einen Schlußstrich unter die bisherigen Gesetzestext, der von der Familie ausging, in der die Frau den Haushalt führt und der Mann das Geld verdient. Die alte Norm war die sog. Hausfrauenehe; denn das Zugeständnis im alten Gesetz an die Frau, „sie ist berechtigt, erwerbstätig zu sein", wurde durch den Nachsatz „soweit dies mit ihren Pflichten in Ehe und Familie vereinbar ist", wieder eingeschränkt.
Das neue Eherecht legt für Mann und Frau keine Rollen mehr fest, überläßt es ihnen, wie sie den Haushalt führen, ob sie erwerbstätig sein wollen. Es spricht in diesem Zusammenhang gar nicht mehr von Frau und Mann, es spricht von Ehegatten.
Der betreffende neue Paragraph lautet (1356 BGB):
(1) Die Ehegatten regeln die Haushaltsführung im gegenseitigen Einvernehmen. Ist die Haushaltsführung einem der Ehegatten überlassen, so leitet dieser den Haushalt in eigener Verantwortung.
(2) Beide Ehegatten sind berechtigt, erwerbstätig zu sein. Bei der Wahl und Ausübung einer Erwerbstätigkeit haben sie auf die Belange des anderen Ehegatten und der Familie die gebotene Rücksicht zu nehmen.
Die Worte „im gegenseitigen Einvernehmen" im Text sind der Bundesregierung besonders wichtig (nach der Gesetzesbegründung). Sie sollen „die gemeinsame Verantwortung der Ehegatten für die Versorgung des Haushalts, insbesondere auch für die Pflege und Erziehung der Kinder, deutlich werden lassen."

4. Hausfrauenehe nicht abgewertet

Die Bundesregierung möchte offensichtlich nicht, daß die bisherige „Hausfrauenehe" durch das neue Recht zurückgedrängt wird. „Die Hausfrauenehe erscheint für bestimmte Ehephasen—etwa dann, wenn Kleinkinder oder heranwachsende Kinder vorhanden sind—in besonderer Weise ehegerecht", hieß es in ihrer Gesetzesbegründung. Die neue Regelung soll jedoch den gesellschaftlichen Wandel berücksichtigen, also etwa Ehen, in denen beide Eheleute erwerbstätig sind oder auch nur die Frau ihrem Beruf außer Haus nachgeht.

(dpa Hintergrund: Archiv- und Informationsmaterial, Mai 1977, Archiv HG2670)

Wörter und Wendungen

das Grundgesetz: 1949 konzipierte Verfassung der Grundrechte in der BRD
das Zugeständnis: Kompromiß; jdm. ein Zugeständnis machen: jdm. in einer Sache entgegenkommen

BGB = Bürgerliches Gesetzbuch: Buch des Zivilrechts
das Einvernehmen: Übereinstimmung
überkommen: überliefert, traditionell
ehegerecht (jur.): den Prinzipien der Ehe angemessen

Zusammenfassende Fragen zum Text

1. Wie definiert das neue Gesetz den Begriff „Ehe"? Stellen Sie mit Ihren eigenen Worten dar, was die Ehe bedeutet.
2. Von welcher Rollenverteilung ging das alte Eherecht aus?
3. In welchen wesentlichen Punkten unterscheidet sich das alte vom neuen Eherecht?
4. Welcher gesellschaftliche Wandel liegt dieser Veränderung zugrunde?
5. Inwiefern ist es von Bedeutung, daß das neue Gesetz den Begriff „Ehegatten" verwendet?
6. Vergleichen Sie die zwei Definitionen von Hausfrauenehe in Absatz 3 und 4. Haben sich Konzept und Wertung derselben grundsätzlich verändert?

Diskussion

2. Warum steht die Ehe und Familie unter dem *besonderen* Schutz des Staates? Finden Sie, daß dies richtig ist?
1. Welche Nachteile entstehen der berufstätigen Frau, wenn sie „in bestimmten Ehephasen" (s. Absatz 5) eine Hausfrauenehe führt? Ließen sich diese Nachteile vermeiden? Schlagen Sie Alternativen vor!
†3. Meinen Sie, daß die Blornas im Roman KB eine moderne und gleichberechtigte Ehebeziehung haben?
†4. Was läßt sich diesbezüglich über Katharinas Ehe sagen?

Übungen zum Wortschatz

4. Zum Thema Ehe

Setzen Sie ein (manchmal gibt es mehr als eine Lösung):

heiraten/(sich) verheiraten/trauen/(sich) vermählen

1. Sie hat ihn am 1. Mai ....
2. Meine Freundin hat sich nach langem Zögern endlich ....
3. Der Pfarrer .... das Brautpaar in der Dorfkirche.
4. Er hat viel zu jung ....
5. Sie ist unglücklich ....
6. Er hat seine Tochter mit seinem besten Freund ....
7. Sie haben sich kirchlich .... lassen.
8. Die Ehe wurde von den Eltern arrangiert. Sie haben ihren Sohn mit einem Mädchen aus besseren Kreisen ....

6. Regel, Ordnung, Gesetz?

1. Gastfreundschaft ist eines der ältesten ungeschriebenen ....
2. Hier herrscht totales Chaos. Kannst du bitte für .... sorgen?
3. Sie wurde freigesprochen, weil ihr Anwalt eine Lücke im .... gefunden hatte.
4. Ich finde es nicht in ...., daß deine Kinder nie im Haushalt mithelfen.
5. Im Namen des ...., Sie sind verhaftet!
6. Es ist ein .... der Natur, daß wir alle älter werden.
7. Wieso muß ich denn Strafe bezahlen? —Weil du die Straßenverkehrs .... nicht befolgt hast!
8. Die neue politische .... spiegelt bestimmte gesellschaftliche Veränderungen wider.

7. Der Beamte fragt —Frau Müller antwortet

arbeiten/heiraten/sich kümmern um/angemessen sein/ kochen/das Haus in Ordnung bringen/sich einigen auf/ putzen/

1. Stimmt es, daß Ihre *Ehe* am 1.6.70 *geschlossen wurde?*
   Ja, wir haben am 1.6.70 ....
2. *Sind Sie selbst erwerbstätig?*
   Ja, ich .... ganztags als Beamtin bei der Post.
3. Wer *ist für die Haushaltsführung verantwortlich?*
   Mein Mann. Er ...., ... und ....
4. Und hat er etwa auch die *Pflege und Erziehung der Kinder* übernommen?
   Jawohl, er .... die Kinder.
5. Ist diese besondere Regelung eigentlich *im gegenseitigen Einvernehmen erfolgt?*
   Ja, sicher. Wir haben .... Was meinen Sie übrigens mit „besondere" Regelung?
6. Mir erscheint dieser Zustand nicht besonders *ehegerecht!*
   Er .... unseren Bedürfnissen völlig
7. Eine pervertierte Form der *Hausfrauenehe!*
   Schreiben Sie „Hausmannsehe", wenn es Sie glücklich macht!

*5. Private und öffentliche Sprache

Wie heißt das in der Juristensprache? Zitieren Sie aus den jeweiligen Abschnitten im Text 2A (Zahlen in Klammern beziehen sich auf Textabschnitte):

Beispiel: Wenn zwei Menschen heiraten, so bedeutet das vor dem Gesetz, daß sie *ihr Leben lang zusammenbleiben wollen.*
→ *Heirat bedeutet vor dem Gesetz eine lebenslange Gemeinschaft von Mann und Frau.*

1. *Der Staat* will Ehe und Familie *besonders schützen.* (1)
2. Die Ehepartner *entscheiden selbst, wer den Haushalt führt und wer das Geld verdient.* (2)
3. Die Ehepartner *einigen sich darauf, wie sie den Haushalt führen* wollen. (3)
4. Falls nur *einer den Haushalt übernimmt, so ist er allein* dafür *verantwortlich.* (3)
5. *Die Ehefrau wie auch der Ehemann darf einem Beruf nachgehen.* (3)
6. Beide Ehepartner müssen jedoch dabei *die Interessen der Familie berücksichtigen.* (3)

61

Das neue Scheidungsrecht wendet sich von dem überkommenen radikal ab. Es setzt das Zerrüttungsprinzip an die Stelle des bisherigen Schuldprinzips. Es kennt als Scheidungsgrund nur noch das Scheitern der Ehe und als Beweis für dieses Scheitern Trennungszeiten zwischen einem Jahr und fünf Jahren.

Grundsätzlich geht das Recht davon aus, daß jeder Ehegatte nach der Scheidung selbst für seinen Unterhalt verantwortlich ist.

Kann ein Ehegatte nicht selbst für sich sorgen, so muß der andere für ihn eintreten. Das Kriterium für den Unterhaltsanspruch ist also die „ehebedingte Bedürftigkeit"; anders ausgedrückt: Anspruch auf Unterhalt nach der Scheidung hat nach neuem Recht der Ehegatte, der durch Aufgabenverteilung in der Ehe nach der Scheidung der wirtschaftlich Schwächere ist, unabhängig von seinem Verhalten in oder nach der Ehe. In der Regel wird das die Frau sein; das Gesetz aber spricht auch hier stets von „Ehegatten", es will nichts präjudizieren.

(dpa Hintergrund: Archiv- und Informationsmaterial)

Wörter und Wendungen

überkommen: alt; überholt
die Zerrüttung: vgl. *zerrüttet:* zerbrochen
der Unterhaltsanspruch: berechtigte Forderung auf finanzielle Unterstützung

präjudizieren (jur.): vorwegnehmen, vorgreifen
die ehebedingte Bedürftigkeit: finanzielle Notlage (weil die berufliche Karriere durch die Ehe gelitten hat)

*Weiterführende Fragen

1. Erklären Sie den Unterschied zwischen dem Schuld- und dem Zerrüttungsprinzip!
2. Wie läßt sich —wenn überhaupt —Ihrer Meinung nach „Schuld" am Scheitern einer Ehe definieren und beweisen?
3. Welche Konsequenzen —soziale und legale —hat das Schuldprinzip für die beteiligten Parteien, während und nach der Scheidung?
4. Weshalb, meinen Sie, ist das Scheidungsrecht revidiert worden? (Ziehen Sie Parallelen zum revidierten Eherecht.)
5. Wie wirkt sich die Neuregelung des Scheidungsrechts auf die Unterhaltpflicht aus?

Diskussion

Halten Sie das neue Scheidungsrecht für besser als das alte? Ist die neue Regelung des Unterhaltsanspruchs fairer für alle Betroffenen?

Finden Sie Beispiele, die die Probleme der ehemaligen Ehepartner nach der Scheidung illustrieren.

Projekt

†I. Untersuchen Sie die obengenannten Fragen 2 und 3 in bezug auf Katharinas Ehe und Scheidung (für die noch das alte Recht galt):
   (a) Wieso wurde Katharina „schuldig" geschieden?
   (b) Inwiefern hat sie darunter zu leiden, daß sie „schuldig" geschieden ist?
   (c) Wie würde Katharinas Scheidung nach dem neuen Recht entschieden worden sein? Versetzen Sie sich in die Rolle eines Scheidungsrichters; was hätte er damals, was jetzt gesagt?

II. Wie sieht das Ehe- und Scheidungsrecht in Ihrem eigenen Land aus? Wo gleicht es dem deutschen, wo unterscheidet es sich? Welche Regelung finden Sie persönlich gerechter?

Übungen zum Wortschatz

*8. Wie drückt sich der Jurist aus?

Finden Sie die entsprechenden Formulierungen im Text 2B:
1. Das neue Scheidungsrecht geht nicht mehr davon aus, *wer schuldig ist*, sondern davon, daß *die Ehe zerstört ist*.
2. Es geht auch davon aus, daß beide Eheleute nach der Scheidung *für sich selber sorgen müssen*.
3. Derjenige hat ein Recht, *unterstützt zu werden*, der in der Ehe *finanziell benachteiligt* worden ist.
4. In *den meisten Fällen* ist das die Frau, aber das Gesetz möchte das nicht *von vornherein festlegen*.

9. Recht, Prinzip, Anspruch?

1. Ich möchte meinem .... treu bleiben und nicht wieder anfangen zu rauchen.
2. Er ist nicht sehr beliebt. Er ist unbescheiden und stellt viel zu große ....
3. Er hat nie in seinem Leben gearbeitet und somit keinen .... auf Rente.
4. Ich nehme mir das .... heraus, meine eigene Meinung zu vertreten!
5. Ich bin total erschöpft. Dieses Buch hat mich sehr in .... genommen.

Zeichnung von Henel (Zeitmagazin)

„Ich kann ja verstehen, daß er sich nach den neuen Gesetzen nicht scheiden lassen möchte, aber seine Anwesenheit macht mich irgendwie nervös!"

Auf welchen Punkt im neuen Scheidungsrecht wird hier angespielt?

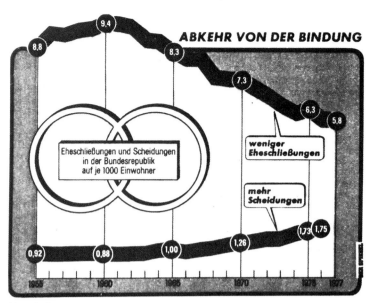

ABKEHR VON DER BINDUNG

Bild I: *Graphik aus dem* Spiegel

Eheschließungen und Scheidungen in der Bundesrepublik auf je 1000 Einwohner

weniger Eheschließungen

mehr Scheidungen

9,4 8,8 8,3 7,3 6,3 5,8

0,92 0,88 1,00 1,26 1,73 1,75

1955 1960 1965 1970 1975 1977

Projekt

I. Was sagt dieses Schaubild Ihrer Meinung nach über Partnerbeziehungen aus? Ist es optimistisch oder pessimistisch zu interpretieren?

II. Untersuchen Sie die entsprechenden Statistiken in Ihrem eigenen Land und vergleichen Sie sie mit dem vorliegenden Schaubild.

Übung

10. *Setzen Sie ein:*

1. (*zunehmen/fallen*) Zwischen 1955 und 1960 haben die Eheschließungen leicht ...., während die Scheidungsziffer geringfügig .... ist.

2. (*steigen/sinken*) Ab 1960 ist eine gegenläufige Entwicklung festzustellen: die Zahl der Eheschließungen .... drastisch, während die Zahl der Scheidungen stetig ....

3. (*sich vermindern/sich erhöhen*) Zwischen 1960 und 1977 .... sich die Eheschließungsziffer um 3,6 % auf 5,8 %; die Zahl der Scheidungen .... sich um 0,87 % auf 1,75 %.

4. (*sich verringern/anwachsen*) Die Tendenz scheint darauf hinauszulaufen, daß die Scheidungsziffer weiter ...., während die Anzahl an Eheschließungen .... wird.

---

3. Kapitel: Das Leben zusammen—unkonventionell

Text 1: *Textauszug aus* Brigitte

Warum leben immer mehr Paare unverheiratet zusammen?

Weil
sie später einmal heiraten wollen

Weil
sie sich verheiratet finanziell nicht besserstehen

Weil
sie beide schon aus Prinzip gegen das Verheiratetsein sind

Was sind das für Leute, die ohne Trauschein auskommen? Wie stehen sie da vor Nachbarn und Gesetz?

„Die leben zusammen." Das stellt man heute ganz selbstverständlich fest und denkt sich nichts dabei. Den Ruch von Anstößigkeit und Unmoral haben Partnerschaften ohne Trauschein in den letzten zehn Jahren verloren. Auch den Hauch von Romantik und verbotener Liebe . . .

Was Paare — getraut oder ungetraut — voneinander erhoffen, ist dasselbe: zum Beispiel Anteilnahme, Fürsorge, Zärtlichkeit, Intimität, Stärke nach außen durch ihre Zusammengehörigkeit. Aber wer heiratet? Wer nicht? Das ist statistisch noch nicht erfaßt. Man kann sich jedoch ein Bild davon machen: Früh- und gleichzeitig Mußehen kommen bei uns nicht mehr häufig vor. Das

Durchschnittsheiratsalter von Frauen liegt inzwischen bei über 25 Jahren, von Männern bei fast 29 Jahren. Immer mehr Partner unter 30 Jahren ziehen zusammen und prüfen, ehe sie sich ehelich binden, ob sie auf Dauer zueinander passen. (Im Nachbarland Dänemark, wo man der freien Partnerschaft bereits Untersuchungen gewidmet hat, lebten 80 Prozent der Paare, die 1976 geheiratet haben, vorher zusammen.) Eine Reihe junger Paare schiebt die Heirat auch auf, weil sie Nachteile brächte: wenn ein Partner noch lernt oder studiert, während der andere verdient. Öffentliche Mittel könnten gekürzt oder gestrichen werden. Wir haben mit einer ganzen Reihe von unverheirateten Paaren gesprochen. Für viele von ihnen wäre erst ein Kind ein Heiratsgrund. Für Kinder sei es auch heute noch besser, „ehelich" zu sein, meinten sie. Gegenüber anderen Kindern, im Kindergarten, in der Schule empfänden sie sich sonst als Außenseiter.

63

Wörter und Wendungen

man denkt sich nichts dabei: man hat keine kritischen Hintergedanken
der Trauschein: Heiratsbestätigung
der Ruch (poet.): *hier:* schlechter Beigeschmack; negative Assoziation

die Anstößigkeit: Unanständigkeit
die Früh- und Mußehe: zu jung heiraten müssen, weil ein Baby unterwegs ist
öffentliche Mittel (Pl.): *hier:* staatliche Unterstützungen, z.B. Sozialhilfe, Studienbeihilfe, usw.

Weiterführende Fragen

1. Welche gesellschaftlichen Konsequenzen hatte es in der Vergangenheit, wenn Leute unverheiratet zusammenlebten?
2. Glauben Sie, daß Vorurteile gegenüber unverheirateten Paaren wirklich völlig verschwunden sind?
3. Umschreiben Sie die hier genannten Erwartungen, die Paare, getraut oder ungetraut, aneinander haben. Wie würden Sie diesen Katalog ergänzen bzw. abändern?
4. Vergleichen Sie das heutige Heiratsalter mit dem früheren und überlegen Sie sich die Ursachen eines solchen Wandels!
5. Nennen Sie die verschiedenen Gründe, die für eine freie Partnerschaft sprechen und beurteilen Sie sie kritisch!
6. Wieso, glauben Sie, sind bestimmte Paare grundsätzlich gegen das Verheiratetsein?
7. Finden Sie, daß ein Kind ein alleiniger bzw. hinreichender Grund zum Heiraten ist?

Übungen zum Wortschatz

11. Bindungen

weil	denn	wenn	während	sobald	bevor	aber
ob	daß (2)	wo	da			

1. Viele Paare ziehen zusammen, ... sie heiraten nicht.
2. Sie wissen noch nicht genau, ... sie zueinander passen.
3. Manche lassen sich später trauen, ... sie wissen, ... sie für immer zusammenbleiben wollen, ... andere schon aus Prinzip gegen das Verheiratetsein sind.
4. Andere heiraten, ... sie Kinder bekommen, ... sie meinen, ... uneheliche Kinder sich als Außenseiter empfänden.
5. Die Vorurteile gegen ungetraute Paare haben abgenommen, vielleicht .... deren Zahl ansteigt.
6. Das trifft vor allen Dingen auf die Großstädte zu, ... die Ansichten im allgemeinen weniger konservativ sind.
7. Früher war das anders. Da waren Leute verpönt, die zusammenlebten, ... sie sich ehelich banden.

12. gemein—gemeinsam—allgemein

1. Wir haben ein .... Interesse daran, unsere Rechte durchzusetzen.
2. Ist es .... bekannt, daß eine Verlobung gesetzlich ein Vertrag ist?
3. Wir haben unsere Wohnungseinrichtung .... gekauft.
4. Gesetze sind oft so formuliert, daß sie der .... Mann auf der Straße nicht verstehen kann.
5. Der .... Kerl wollte sein ganzes Geld einem Tierheim statt seinen Angehörigen hinterlassen.
6. Es ist von .... Interesse, daß die Öffentlichkeit über ihre rechtliche Lage voll aufgeklärt wird.
7. Er hat sich als Politiker immer für das ....-wohl eingesetzt.
8. Ich möchte mich möglichst objektiv über die .... politische Lage informieren.
9. Wir leben getrennt, aber wir haben eine Menge .... Freunde.
10. Was ist denn das für eine seltene Pflanze? — Selten?! Das ist doch der .... Löwenzahn.

13. Gemeinde—Gemeinschaft

1. Der Dorfpfarrer betreut eine .... von 300 Seelen.
2. Die ledigen Väter haben eine .... zum Schutz ihrer eigenen Interessen gegründet.
3. Die Mitteilungen für die Pfarr-............ kommen einmal die Woche heraus.
4. Das Paar lebt seit Jahren in inniger ....
5. Das Buch ist in ....-sarbeit entstanden: ich habe es zusammen mit zwei Freundinnen geschrieben.

WOHNGEMEINSCHAFT
EIN BERICHT VON RENATE JUST UND ANGELA NEUKE

(1) Wenn das Wort nur nicht so schauerlich schwerfällig wäre: „Wohngemeinschaft"—das hat was von Zweckverband, Erbengemeinschaft oder Christengemeinde. So hölzern die ausgeschriebene Version, so albern das gängige Kürzel „WG"—da klingen noch die pseudoflotten Verstümmelungen der Sechzigerjahre mit: die Demos, AKs, Rotzegs.

(2) Damals hat die Kommunen- und Großfamilienbewegung mit viel Theoriedonner angefangen. Aber eine griffige, sinnliche, angenehme Bezeichnung für ihre so radikal anders und sinnlich gemeinte Lebensweise haben seinerzeit nicht mal die Berliner Ur-Kommunen gefunden. „K1" und „K2"? Da assoziiert man höchstens Fleckenmittel. Die damals geprägten Klischees von Kraut und Rüben, gemeinsamem Sexpfuhl, verklebtem Geschirr und verwahrlosten Kindern sitzen selbst den relativ braven „WGs" zehn Jahre später noch im Genick. Das Bürgerschreck-Image ist hartnäckig—vor allem dann, wenn man mit Hausbesitzern und Nachbarn zu tun hat. Jedenfalls umschreibt man seine Lebensweise eigentlich meistens je nach Grad der Intensität: „Ich lebe mit Freunden zusammen" oder „Ich wohne mit anderen Leuten zusammen".

(3) Aha. Da steht ihr wohl morgens vorm Bad Schlange? Und wie lange geht das denn gut? Und wer putzt denn den Dreck weg?

(4) Wir zum Beispiel sind vier. Es hängen acht Handtücher an den Haken im Bad. Alle vier Bürstchen der elektrischen Zahnbürste sind in Gebrauch. Im Regal ist für jeden ein Fach vorgesehen: aber da geht's durcheinander mit den verschiedenen Lotionen, Rasierapparaten, Kajalstiften und Shampoos. Auf Weleda-Rosmarinseife und Ajona-Zahncreme haben wir uns inzwischen geeinigt.

(5) Heute hat jemand Kacheln, Spiegel, Becken gewienert. Sehr schön, sonst hätte ich mich spätestens morgen verpflichtet gefühlt. Aber wer's zuerst sieht, der macht sauber. In aller Regel wenigstens. Frühmorgens arrangieren wir uns in der Benutzung—wie jede vierköpfige Familie mit Schulkindern. Wir haben Freunde, denen der Gedanke, das Bad mit „Fremden" zu teilen, Schauer den Rücken hinunterjagt. Die haben einen Stapel kleiner rosa Gästehandtücher in einer eigenen Haltevorrichtung und ein Bonbonglas voll Gästeseifen in Erdbeerform. Und die finden unser Bad wahrscheinlich chaotisch, obwohl wir gemeinsam über viele Handtücher verfügen und Kosmetika ohne Ende rumstehen, und es allermeistens auch sauber ist, finden wir.

(6) Wir besitzen außerdem mindestens fünfzig Gläser, und zwar nicht nur zusammengewürfelte Senfgläser, einen Überfluß an Salatschüsseln und sechs Teekannen. Die wichtigsten Platten von Bob Dylan haben wir viermal in der Wohnung, Max Frisch und die „Winterreise" zweimal, Stereoanlagen und Fernseher sind dreifach vorhanden. Die Waschmaschine haben wir gemeinsam gekauft. Eine Geschirrspülmaschine hätten wir auch ganz gern—aber andererseits sind wir gegen die Energieverschwendung. Außerdem waschen wir alle nicht ungern ab. Natürlich haben wir auch einen „Gemeinschaftsraum" —noch ein scheußliches Wort. Da steht der große Eßtisch drin, Pflanzen, Aquarium und das Schmutz- und Schundregal mit Mickymaus, Science-Fiction, Stern und Prinz Eisenherz. Hier übernachten unsere zahlreichen Gäste. Im übrigen haben wir alle unser eigenes Zimmer, jedes knapp so groß wie die Gesamtgrundfläche eines durchschnittlichen Ein-Zimmer-Apartments. Und wir leben bestimmt nicht schlechter als wir's einzeln täten. Aber einzeln, isoliert, möchte ja ohnehin keiner von uns hausen.

(7) Das hat natürlich viele Gründe. Wir sind alle seit Jahren an Wohngemeinschaften gewöhnt—in den verschiedensten Behausungen, mit den verschiedensten Mitbewohnern. Die Auskömmlichkeit, die relativ unproblematischen Arrangements—auch der Verzicht auf bombastische Gemeinschaftsansprüche—mit denen wir jetzt als Berufstätige um die Dreißig zusammenleben, sind das Ergebnis langer und zäher Lernprozesse.

(8) Das klingt so nach Pflichterfüllung—dabei ist es doch vor allem die Neigung, die uns immer noch beieinanderhält. Nicht, daß wir gleichbleibend und gleichmäßig heftige Zuneigung füreinander hegen—aber wir haben alle gern Freunde in der Nähe. Deswegen hat trotzdem niemand das Bedürfnis, Familienstrukturen nachzumachen, bis daß der Tod uns scheidet. Wer in Wohngemeinschaften lebt, lernt flexibel zu werden, ist grundsätzlich bereit, auch mit wechselnden Mitbewohnern auszukommen. Manchmal blendend, manchmal gerade eben so. Die „Fluktuation"—für Außenstehende häufig das Hauptindiz für das Nichtfunktionieren dieser Lebensform—gehört mit dazu. Was wäre denn an Beweglichkeit gewonnen, wenn man sich, statt im ehelichen Zweierverband, nun in Vierer- oder Sechsergruppen unverbrüchlich aneinanderketten würde? Aber für die ein, zwei oder mehr Jahre, die man miteinander Teflonpfanne und Badewanne teilt, entstehen oft enge Kontakte, ein Grad an Alltagsvertrauen, der im normalen Freundeskreis nicht unbedingt die Regel ist.

(9) Ich glaube, wir sind, zumindest für unsere Altersgruppe, nicht untypisch. Nach einer Untersuchung der Nürnberger Soziologin Gudrun Cyprian leben heute 80000 jüngere Leute in rund 10000 bundesdeutschen Wohngemeinschaften. Innerhalb der „WG"-Bewegung müssen wir uns sicherlich zu den Veteranen rechnen. Es ist schon fast ein alter Hut, das Zusammenleben. Der Trend bei den schicken Dreißigjährigen geht weg davon, zurück in die edle Familienbehausung oder originell-erlesene Single-Wohnung. Wohngemeinschaft, das hat einen leicht miefigen Hautgoût von Studentenprovisorium, von ewiger juveniler Unfertigkeit. Ziemlich passé—wie Kinderläden, Demonstrationen, Gruppentherapie.

(10) Es gibt sie trotzdem noch. Gottseidank. Es gibt noch genügend Leute, die Schwierigkeiten unumwunden zugeben und trotzdem überzeugt sagen: „Für mich die einzig denkbare Lebensform."

Wörter und Wendungen

der Zweckverband: Vereinigung von Personen, die denselben Zweck verfolgen

die Erbengemeinschaft: Zusammenschluß aller Erbberechtigten

der Kürzel: Abkürzung

flott: schick

die Verstümmelung: *hier:* Abkürzung

Demo = Demonstration

AK = der Arbeitskreis

Rotzeg = Rote Zelle Germanistik (eine politisch linke Gruppierung der Sechzigerjahre)

griffig (fig.): *hier:* treffend

der Theoriedonner: großer theoretischer Aufwand, mit lautstarken Verkündigungen verbunden

K1 und K2: Kommune 1 und Kommune 2 stellten die radikalen Versuche der Studentenbewegung der 60er Jahre dar, alternative Lebensformen zu praktizieren

Da assoziiert man höchstens Fleckenmittel: K2R ist der Markenname eines bekannten Fleckenmittels in Deutschland

wie Kraut und Rüben (ugs.): völlig durcheinander; unordentlich.

der Sexpfuhl: vgl. **Sündenpfuhl:** Ort des Lasters (bibl.)

im Genick sitzen: verfolgen

der Bügerschreck: jemand, der darauf aus ist, brave Bürger zu schockieren

wienern (ugs.): blank putzen

allermeistens (ungebr.): fast immer

die „Winterreise": Gedichtszyklus von Heinrich Heine

Senfgläser (Pl.): Senfgläser werden in Deutschland oft in Trinkglasform verkauft

Schmutz und Schund: *hier:* billige, triviale Lektüre

hausen (abw.): wohnen

die Auskömmlichkeit (ungebr.): mit jdm. auskommen; sich mit jdm. vertragen

unverbrüchlich: treu, fest

es ist schon fast ein alter Hut: es ist schon wieder aus der Mode, eine alte Sache

miefig: alt; abgestanden; schlecht

der Hautgoût (Fr.): Beigeschmack

der Kinderladen: von progressiven Eltern geschaffene Alternativform zum herkömmlichen Kindergarten

die Unfertigkeit: Unreife

unumwunden: sofort und direkt

Zusammenfassende Fragen

1. Welche Negativvorstellungen werden mit dem Wort „Wohngemeinschaft" verbunden?

2. Nach welchen Prinzipien ist das Zusammenleben in der vorliegenden WG organisiert? Wie werden Begriffe wie „Pflicht" und „Verpflichtung" definiert?

3. Wieso ist es wichtig zu erwähnen, daß bestimmte Gebrauchs- und Luxusgegenstände mehrfach vorhanden sind? Was soll damit zum Ausdruck gebracht werden?

4. „Wir verzichten auf bombastische Gemeinschaftsansprüche." Welche Ansprüche werden von der vorliegenden WG abgelehnt? Welche Erwartungen werden an die WG gestellt?

5. Fluktuation in der WG —wann kann ein ständiger Wechsel von Zahl und Mitgliedschaft einer WG positiv, wann kann er als negativ gewertet werden?

6. Was ist mit „Alltagsvertrauen" gemeint? Wie entsteht es, welche Rolle spielt es, warum ist es „beim normalen Freundeskreis nicht unbedingt die Regel"?

7. Die WG —ein Provisorium Jugendlicher, Studenten —„Zeichen ewiger juveniler Unfertigkeit". Was ist damit gemeint? Wieso werden der WG gerade diese Attribute zugeschrieben? Von welcher Seite wird dieses Urteil wohl gefällt? Welche Haltung steckt dahinter?

Diskussion

1. „Die WG —ein Bürgerschreck"? Das Zusammenleben in einer Wohngemeinschaft erfordert eine andere Verhaltensweise als z.B. das Zusammenleben in einer Ehe. Stellen Sie die Unterschiede heraus. Welche Konventionen, welche traditionellen „bürgerlichen" Werte werden durch die WG infrage gestellt? Welche neuen Werte sind für eine WG wichtig?

2. Überlegen Sie sich die alltäglichen Probleme in einer WG. Kaum jemand macht zum Beispiel gern sauber. Halten Sie das Prinzip „Wer's zuerst sieht, der macht sauber" für eine realistische Alternative zur Putzpflicht? Was setzt dieses Prinzip bei den Mitgliedern einer WG voraus?

Projekt

I. Erstellen Sie eine Inventarliste dieser WG: Was wird an Besitzgegenständen erwähnt? Welche Rückschlüsse können Sie ziehen in bezug auf die finanzielle Situation und die gesellschaftliche Position Ihrer Mitglieder?

II. „Eine WG — die einzig denkbare Lebensform". Sind Sie mit dieser Formulierung einverstanden? Welche Aspekte und Probleme werden in dem vorliegenden Text ausgeklammert? Können Sie Widersprüche innerhalb des Textes entdecken?

III. Es gibt unterschiedliche Möglichkeiten, eine WG zu organisieren, von der „relativ braven" bis zur radikalen Kommune, von der offenen WG, in der die Mitglieder fluktuieren, bis zur „unverbrüchlich aneinandergeketteten Vierer- oder Sechsergruppe".

   Erstellen Sie verschiedene Modelle von WGs und beschreiben Sie sie unter Kriterien wie privater/ gemeinsamer Lebensbereich; getrennte/ gemeinsame Kasse; privater/gemeinsamer Besitz; Festlegung/Nichtfestlegung von Rechten und Pflichten, usw.

Aufsatz

1. Stellen Sie sich eine WG vor, in der Sie sich wohlfühlen könnten, und schreiben Sie über einen Tag aus der Sicht eines Mitglieds.

2. Beschreiben Sie eine WG, die Ihnen mißfallen würde, aus der Sicht eines schockierten Besuchers.

Registerübungen zum Text

Text 2 besteht aus einer Mischung verschiedenster Register und ist charakteristisch für den Schreibstil eines jungen Intellektuellen der 70er Jahre, der sich relativ locker ausdrücken will. Er enthält:

1. *Charakteristika der gesprochenen Sprache*
   (Zahlen in Klammern beziehen sich auf Textabschnitte)
   (a) Ausrufe: z.B. „Aha". (3)
   (b) Wortverkürzungen: z.B. „rumstehen" für „herumstehen". (5)
   (c) Unvollständige Sätze: z.B. „In aller Regel, wenigstens". (5)
   (d) Umgangssprachliche Ausdrücke: z.B. „hausen" (*ugs. abw.*) für „wohnen". (6)
2. *Wörter und Wendungen aus der Schriftsprache oder einer besonderen Fachsprache*
   (a) Schriftsprache: z.B. „Zuneigung hegen". (8)
   (b) Soziologenjargon: z.B. „Familienstrukturen", „Alltagsvertrauen". (8)
3. *modische Fremdwörter*
   z.B. „passé". (9)

Aufgabe I

Finden Sie weitere Beispiele im Text für 1, 2 und 3.

Aufgabe II

Ein Interview und wie der Intellektuelle es kommentiert. Finden Sie die entsprechenden Formulierungen im Text. (Zahlen in Klammern verweisen auf die Textabschnitte, in denen die entsprechenden Ausdrücke vorkommen.)

Beispiel:

Frage	Antwort	Kommentar
Wie reagiert die Öffentlichkeit auf das Wort WG?	Die meisten Leute können nur eines denken: Bürgerschreck.	(2) Das Bürgerschreck-Image ist hartnäckig
1. Wie sieht das Zusammenleben praktisch gesehen aus?	Wir sprechen uns zum Beispiel ab, wer wann ins Bad geht.	(5)
2. Und wie findet der typische Bürger wohl Ihr Bad?	Wahrscheinlich meint er, es geht alles drunter und drüber.	(5)
3. Welche Lektüre bevorzugen Sie?	Am liebsten lese ich Geschichten, die in der Zukunft spielen.	(6)
4. Was ist Ihrer Meinung nach für das Funktionieren einer WG besonders wichtig?	Daß wir uns gut vertragen und nicht allzuviel voneinander erwarten.	(7)
5. Sind Ihnen diese Verhaltensweisen leicht gefallen?	Nein, das habe ich lange und mühsam lernen müssen.	(7)
6. Wie stehen Sie zur traditionellen Familie?	Keiner von uns möchte so wie in der Familie leben.	(8)
7. Haben Sie sich durch die Erfahrungen in der WG persönlich verändert?	Ja, ich bin offener geworden, und kann mich viel leichter anpassen.	(8)
8. Ist eine WG heutzutage noch Mode?	Ganz und gar nicht; viele 30jährige wollen heutzutage lieber alleine leben. Bei WG denkt man, daß sie eine vorübergehende Erscheinung ist, die vor allem bei Studenten und unfertigen Menschen beliebt ist.	(9)

*Zusammenfassende Registerübung

† 1.Der Gebrauch eines bestimmten Registers kann sehr verschiedene Funktionen haben. Wenn ein Polizist z.B. Behördendeutsch spricht, so hat dies eine einschüchternde Wirkung; wenn er sich dagegen vulgär ausdrückt, so schockiert und verletzt dies in Anbetracht seiner öffentlichen Position um so mehr.
   Finden Sie Beispiele für beide Fälle im Roman KB (z.B. eine Verhörszene)!

†2. Ein Register kann aber auch ironisch benutzt werden. Ein Beispiel aus dem Artikel *Wohngemeinschaft* ist das Wort „Veteranen" (9), das eigentlich aus der Soldatensprache kommt, und unerwartet in einem völlig anderen Bereich eingesetzt wird. Heinrich Böll benutzt eine ähnliche Technik, wenn er z.B. bestimmte Situationen und Vorkommnisse, die wenig mit Behörden zu tun haben, in trocken-umständlichem Amtsdeutsch schildert.
   Untersuchen Sie anhand von konkreten Beispielen im Böll-Text, welche Absicht der Autor damit verfolgt?

4. Kapitel: Partnersuche

Text 1A: *Welche Eigenschaften sollte Ihr idealer Ehepartner haben?*

Diese Frage wurde sechs verschiedenen Testgruppen vom Allensbacher Institut für Demoskopie vorgelegt. Hier ist eine Liste der 15 Eigenschaften, die von wenigstens einer der 6 Gruppen unter den 10 wichtigsten genannt wurde:

Hübsches Aussehen	Ehrlichkeit
Sexuelle Anziehungskraft	Fleiß
Natürlichkeit	Ordnungsliebe
Wärme und Herzlichkeit	Sauberkeit
Humor	Sparsamkeit
Ritterlichkeit	Gut kochen können
Klugheit	Treue
Tüchtigkeit im Beruf	

Projekt

Bevor Sie im *Text 1B* die Ergebnisse der Meinungsumfrage anschauen, erstellen Sie Ihre eigene Reihenfolge der 10 wichtigsten Werte. Fügen Sie andere Eigenschaften ein, falls sie Ihnen wichtiger erscheinen. Weiten Sie Ihre Umfrage auf Freunde und Familienmitglieder aus.

Text 1B: *Die Ergebnisse der Allensbacher Meinungsumfrage*

Welche Eigenschaften sollte Ihr idealer Ehepartner haben?

	Altersgruppe 16–29 Jahre		Altersgruppe 30–39 Jahre		Altersgruppe 40–59 Jahre	
	Frauen wünschen sich	**Männer** wünschen sich	**Frauen** wünschen sich	**Männer** wünschen sich	**Frauen** wünschen sich	**Männer** wünschen sich
1.	Treue	Sexuelle Anziehungskraft	Treue	Natürlichkeit	Treue	Sparsamkeit
2.	Sexuelle Anziehungskraft	Hübsches Aussehen	Tüchtigkeit im Beruf	Sexuelle Anziehungskraft	Fleiß	Sauberkeit
3.	Tüchtigkeit im Beruf	Treue	Sexuelle Anziehungskraft	Treue	Wärme/ Herzlichkeit	Treue
4.	Wärme/ Herzlichkeit	Natürlichkeit	Wärme/ Herzlichkeit	Sparsamkeit	Sexuelle Anziehungskraft	Sexuelle Anziehungskraft
5.	Ehrlichkeit	Sauberkeit	Fleiß	Wärme/ Herzlichkeit	Sparsamkeit	Wärme/ Herzlichkeit
6.	Natürlichkeit	Sparsamkeit	Ehrlichkeit	Sauberkeit	Klugheit	Natürlichkeit
7.	Klugheit	Wärme/ Herzlichkeit	Klugheit	Hübsches Aussehen	Tüchtigkeit im Beruf	Fleiß
8.	Humor	Gut kochen	Humor	Ehrlichkeit	Ehrlichkeit	Gut kochen
9.	Fleiß	Ehrlichkeit	Sparsamkeit	Klugheit	Natürlichkeit	Ehrlichkeit
10.	Sauberkeit	Humor	Natürlichkeit	Fleiß	Ritterlichkeit	Ordnungsliebe

Projekt

Zeichnen Sie eine Graphik, in der Sie die unterschiedliche Popularität der einzelnen Werte für die verschiedenen Alters- und Geschlechtsgruppen darstellen.

A. Vergleichen Sie die Ergebnisse der verschiedenen Testgruppen:
  1. Welche Eigenschaften werden von allen Testgruppen aufgeführt?
  2. Welche Eigenschaften werden nur von Frauen, welche nur von Männern erwartet?
  3. Welche Eigenschaften werden nur von bestimmten Altersgruppen genannt?
  4. Welchen unterschiedlichen Stellenwert haben bestimmte Eigenschaften im Hinblick auf Alter und Geschlecht der Befragten?

B. Vergleichen Sie die Ergebnisse der Testgruppen mit Ihren eigenen bzw. denen Ihrer Gruppe. Welche Gemeinsamkeiten/Unterschiede ergeben sich dabei?

Zeichnung von T. R. Huk
(Frankenpost)

„Wir kommen vom Institut für Verhaltensforschung und prüfen, ob Sie Humor haben!"

Diskussion

Wie erklären Sie sich die unterschiedlichen Ergebnisse? Vermeiden Sie einfache Rückschlüsse wie „typisch Mann" oder „typisch Frau". Beachten Sie vielmehr gesellschaftliche Bedingungen, zeitgemäße Erwartungen usw.

Wie meinen Sie, daß sich eine solche Liste in 20–30 Jahren möglicherweise verändert haben wird?

Projekt

1. *Wie zuverlässig sind Meinungsumfragen?*
   Machen Sie folgendes Experiment:
   (a) Fragen Sie einige Bekannte nach den wichtigsten Eigenschaften ihrer Idealpartner, ohne ihnen eine Auswahl von Werten vorzulegen.
   (b) Wiederholen Sie die Frage, aber legen Sie diesmal einen Katalog bestimmter Eigenschaften vor. Vergleichen Sie die Ergebnisse.
2. *Läßt sich ein Mensch überhaupt so zergliedern?*
   Lassen Sie sich von einer/m Bekannten eine(n) Freund/in beschreiben. Achten Sie darauf, ob diese Beschreibung bestimmte Eigenschaften in den Vordergrund stellt, oder ob stattdessen bestimmte typische Handlungen erwähnt werden. Beobachten Sie sich selbst, wenn Sie jemanden beschreiben.

Text 2: *Heirats- und Kontaktanzeigen*

Vorüberlegung

1. Kontaktsuchende wollen sich in einem Inserat als ein Individuum darstellen, und somit als eine einzigartige Persönlichkeit, aber es steht ihnen ein sehr begrenzter Raum zur Verfügung.
2. Es gibt eine weitere Begrenzung: sie müssen sich auf eine Art und Weise anbieten, die sie auf dem Heiratsmarkt attraktiv macht. Dabei laufen sie aber Gefahr, in Klischees und Typisierungen zu verfallen, so daß sie ununterscheidbar werden von anderen Inserenten.
3. Es gibt verschiedene Möglichkeiten der Selbstdarstellung, zum Beispiel eine Aufzählung von Attributen, die das äußere Erscheinungsbild beschreiben, oder das Temperament und die seelischen Eigenschaften. Weitere Kategorien sind die politische Einstellung, die finanzielle Situation und der gesellschaftliche Status oder auch Hobbys.
4. Die Selektion und Präsentierung von Informationen läßt Rückschlüsse zu auf den Inserenten selbst: die Tatsache, daß bestimmte Aspekte (z.B. Geld, Aussehen) nicht erwähnt werden, ist genau so aufschlußreich wie die gebotene Information. Eine Selbstdarstellung ist immer auch eine Selbsteinschätzung und daher subjektiv.

Projekt

(a) Erstellen Sie eine Tabelle sämtlicher möglicher Aspekte und Kategorien von Informationen, die für Kontaktanzeigen wichtig sein könnten (s. Punkt 3).
(b) Überlegen Sie, welche Informationen Sie persönlich für wichtig halten würden.
(c) Diskutieren Sie, ob eine ehrliche Selbstdarstellung im Rahmen eines Inserats überhaupt möglich ist.

Heiratsanzeigen A, B und C

A

Nicht Schönheit und Alter sind für mich entscheidend, sondern weibliche Ausstrahlung (das macht mich schwach), eine stattliche Unterweite (das macht mich noch schwächer) und ein liebevolles Anlehnungsbedürfnis (das macht mich stark).
Gentleman und großer Junge
37/1,88, sehr zärtlich, schlank, männlich, gutaussehend, Professor, geschieden, aufrichtig, lacht gern, reist gern, kocht gern, musiziert gern, chevaleresk und bindungswillig, möchte sich von einer gepflegten, vermögenden Vollblutfrau mit Chic, Esprit und apartem Selbstbewußtsein auf Dauer an die Leine nehmen lassen. Sie sollte eine tiefe Zuneigung suchen und beantworten können. Freundliche (Bild-)Zuschriften erbeten (sofort zurück). Diskretion Ehrensache.

Zeichnung von K. Pitter (Neues Forum)

B

Aus dem Raum 3, 4, 5 oder 6 suche ich eine Gefährtin, der ich (und die mir) Ergänzung sein kann. Ich bin 28 Jahre alt, 1,77 m groß, studiert, politisch gemäßigt links orientiert, nicht unsportlich und trotz schon leicht spärlicher werdendem Haar ganz passabel aussehend. Ich entspreche wohl nicht ganz dem Typus des „anzeigenadäquaten" Freizeitmenschen; wenn ich Zeit habe, lese ich aber viel und gerne, ich wandere und fotografiere auch (z.B.) und liebe es, (morgens) lange zu schlafen. Außerdem reise ich für mein Leben gerne. Fremde Länder (und Leute) faszinieren mich. Ansonsten bin ich eher introvertiert, nehme trotz ausgesprochener Vorliebe für trockenen Humor manches vielleicht zu ernst und bin auch sonst nicht ohne Schwächen. Trotzdem glaube ich einen im großen und ganzen verträglichen und auch einfühlsamen Lebenspartner abzugeben. Wenn Sie sich angesprochen fühlen, schreiben Sie mir doch bitte kurz (vielleicht auch mit Bild?). Ich würde mich freuen.

C

Von Eltern an Eltern. Wir haben ein allerliebstes Töchterchen, groß, schlk., jung, gesund, charmant, ungewöhnlich gut aussehend, begabt, intelligent, geistreich, humorvoll, sportlich, musikalisch, naturliebend, jagdpassioniert, tierlieb, Pferde- u. Hundekennerin, verwöhnt, luxusliebend, aber trotzdem in kultivierter Weise bescheiden, konservativ, nach guter alter Art wohlerzogen, gebildet, ausgebildet, fünfsprachig, zu ihren Eltern zärtlich, liebevoll, respektvoll. Wenn Sie einen Sohn haben, dessen Glück Sie auch nicht dem Zufall überlassen wollen, der nicht älter als 35 J. alt ist, nicht kleiner als 190 cm, der mit denkbar besten Charaktereigenschaften ausgestattet ist, der aus Deutschlands besten Kreisen stammt (möglichst Adel, jedoch nicht Bedingung), der eine ähnliche Lebensart hat, der in der Lage ist, sein Frauchen in Luxus, Liebe und Treue zu hüllen, der eine Zierde seines Lebens, seines Hauses, seines Kreises sucht, und nicht eine tüchtige Hausfrau, der meistens auf dem Lande lebt, Personal, Hunde und Pferde hat und unbedingt selber reitet, so schreiben Sie uns.

Vergleichen Sie A und B

1. Systematisieren Sie die angebotenen Informationen und ordnen Sie sie in die von Ihnen erstellte Tabelle ein.
2. Untersuchen Sie das jeweilige Auswahlprinzip: welche Aspekte werden von A und B erwähnt, welche nur von A bzw. B, um die eigene Person zu beschreiben?
3. Wie wird die gesuchte Partnerin jeweils dargestellt? Können Sie in A Widersprüche entdecken?
4. Von welchem Inserenten können Sie sich eher ein Bild machen? Warum?

Betrachten Sie C

1. Welcher Eindruck wird durch das Überangebot an Attributen erweckt?

2. Welche Beschreibungskategorien sind weggelassen, und warum?
3. Was kommt in der Tatsache zum Ausdruck, daß die Anzeige von Eltern für Eltern bestimmt ist?
4. Untersuchen Sie die angebotenen Attribute in bezug auf ihren Informationswert: haben Begriffe wie „charmant", „ungewöhnlich gut aussehend", „begabt" überhaupt eine Aussagekraft?
5. Was für ein Bild machen Sie sich von der beschriebenen Person?

Vergleichen Sie A, B und C

Schildern Sie die verschiedenen Konzeptionen von Partnerschaft, die in den drei Anzeigen zum Ausdruck kommen!

Heiratsanzeigen D und E

D

Gemeinsam genießen

ist die schönste Sache der Welt, sofern die Partner sich verstehen und gemeinsame Vorstellungen von den schönen Dingen des Lebens haben. Echte Partnerschaft bedeutet, daß beide alles tun, um den Partner glücklich zu machen—nicht nur bei Sonnenschein. Passen wir zusammen?

Wunschvorstellung: Jg. Dame, 20—30 J., attraktiv, wirklich schlank, sportlich, aus gutem Hause, Sinn für Humor, Häuslichkeit und für Repräsentation. Das Allerwichtigste—viel Herz.

Eigendarstellung: Unternehmer, Ende 30, sportlich, schlank, vorzeigbar, wohlhabend, Luxus-Villa, Zweitwohnsitz in Südfrankreich. Schwächen: bisher zu starkes berufliches Engagement.

Hoffentlich haben Sie Mut zu einem kurzen Schreiben mit einem Foto. Diskretion garantiert.

E

Passionierte Pferdezüchterin

Dame, gesch., 50/165, aus gutem Hause, warmherzig, tierliebend, anpassungsfähig, vielseitig interessiert. Nähe Frankfurt/M. wohnend. 2-Fam.-Haus, Pferdezucht, z. Z. 15 Tiere, sucht, da des Alleinseins müde, passenden Partner oder Ehemann.

Da Fachkenntnisse nicht unbedingt erforderlich, auch sonstigen Geschäftsmann.

Interessent sollte warmherzig, aufrichtig sein, Tierfreund und gewillt, mit ihr und den geliebten Vierbeinern die 2. Lebenshälfte glücklich und sorgenfrei zu verbringen. Zum Ausbau des hiesigen Anwesens (eingetr. landw. Betrieb, daher bei Kapitalanlage steuerbegünstigt) wäre etwas Vermögen erwünscht.

Sollte Interessent über eig. schönes Anwesen verfügen, steht einer Umsiedlung nichts im Wege!
Ernstgemeinte Bildzuschriften werden diskret behandelt und beantwortet.

Vergleichen Sie D und E

1. Woher beziehen D und E ihr Selbstbewußtsein?
2. Welche Aspekte des Zusammenlebens stehen im Vordergrund?
3. Woran können Sie sehen, daß es sich in beiden Anzeigen um Geschäftsleute handelt?
4. Vergleichen Sie die Darstellung der erwünschten Partner:

(a) Aus welchem Milieu sollen sie kommen?
(b) Was ist für D am wichtigsten, was für E?
*5. Beschreiben Sie D und E anhand der Ihnen gelieferten Informationen. Lassen sich in der Art und Auswahl der Informationen geschlechtsspezifische Unterschiede erkennen?

Heiratsanzeigen F und G

F

Heidelberg

Sozialarbeiterin (grad.), 39/1,76, gutaussehend, anschmiegsam trotz Selbständigkeit, mit problemlosem Sohn, 15, sucht zärtl., zuverlässigen Partner Nichtraucher „Tagmensch" bevorzugt.

G

Giftschlange

heimtückisch, humorlos, häßlich (Lehrerin in Hamburg, 38 J.), mit 7jähr. Brut sucht auf diesem Schleichweg Gartenzwerg zum Fressen.

F und G liefern dieselbe Art von Information, sie tun es aber auf sehr unterschiedliche Weise, so wird z.B. aus der Information: „Familienumstände: ein Kind" in F ein „problemloser Sohn", in G jedoch eine „7jährige Brut".

1. Stellen Sie die anderen Entsprechungen her. Was für eine Technik benutzt G?
2. Warum wählt G diese Art der Selbstdarstellung?
3. Wogegen richtet sie sich?

Heiratsanzeigen H und I

H

Raum Südbaden

Blühender Baum, 19 Jahresringe, 1,58 hoch, musikalisch begossen, sucht zärtlichen Holzwurm.

I

H und I wollen auf unterschiedliche Weise ihre Originalität unter Beweis stellen.
1. Welche Technik wird jeweils benutzt?

2. Übersetzen Sie die Anzeigen in den „normalen" Anzeigenstil!

Anhang: Auseinandersetzung mit verschiedenen Lebensmodellen

Vorbemerkung

Die Materialien der dritten Einheit setzen sich mit verschiedenen Formen des Zusammenlebens auseinander, mit Lebensmodellen, die einen unterschiedlichen gesellschaftlichen Status einnehmen, mit den Problemen, die sie zu lösen versuchen, und mit den Problemen, die sie selbst wieder mit sich bringen.

Wie sich diese Probleme äußern, ist unterschiedlich, was man durch die Textauswahl ausschnittsweise sehen konnte: z.B. in Schwierigkeiten bei der Partnerwahl, im Zusammenbruch dauerhafter Beziehungen, im Mißtrauen gegen jede Form der Zweierbeziehung, in der Unzufriedenheit mit konventionellen Lebensformen.

Wie sich der einzelne, bzw. die Gesellschaft diesen Konflikten stellt, ist wiederum entsprechend unterschiedlich und reicht von verschiedenen Formen der Partnersuche bis zum bewußten Akzeptieren des Alleinlebens; vom Versuch des Gesetzgebers, durch Abänderung des gesetzlichen Rahmens mit neueren Entwicklungen Schritt zu halten über Alternativformen in unkonventionellen Zweierbeziehungen bis zur Erweiterung bzw. Auflösung der Kleinfamilie.

Jedes dieser Modelle löst sowohl innere Konflikte aus als auch Probleme mit der Umwelt, dem sprichwörtlichen „bösen Nachbarn". Bestimmte Aspekte modernen Lebens, wie z.B. die Art des Lebensraums —Stadtkultur, Hochhäuser, Auflösung der natürlichen größeren Gemeinschaft durch Verstädterung usw. —verstärken die Tendenz der Isolierung des einzelnen, und Mißtrauen und Vorurteile verschärfen die Lage. Andrerseits sind bestimmte Alternativformen nur schwer denkbar außerhalb einer Wohlstandsgesellschaft, denn sie hängen von der finanziellen Lage des einzelnen ab.

Problemstellung:

I.

Untersuchen Sie diese Probleme in bezug auf Ihre eigene Gesellschaft und vergleichen Sie sie mit den vorliegenden Materialien:
1. Diskutieren Sie Unterschiede und Überschneidungen.
2. Halten Sie die verschiedenen Lebensmodelle für alters- oder zeitbedingt? Inwiefern sind sie kulturgebunden? Wie sahen sie früher aus? Stellen Sie Vergleiche an mit Kulturen außerhalb der westlichen Industrieländer!

II.

Untersuchen Sie die Reaktion der Umwelt auf die obengenannten Probleme: unter Einschluß Ihrer Arbeit in der 1. und 2. Einheit, diskutieren Sie folgende Fragen:
1. Wie reagieren öffentliche Medien, d.h. die Presse, Rundfunk und Fernsehen auf die verschiedenen Lebensformen? Finden Sie Beispiele für neutrale, propagandistische, und reißerische Darstellungen in den Massenmedien Ihres Landes.
2. Inwiefern sind Ihrer Meinung nach Vorurteile gegen jedes der Konzepte beeinflußbar oder sogar manipulierbar durch die Massenmedien?
3. Welche Rolle spielen die nicht dokumentarischen Berichte, d.h. Filme, Unterhaltungssendungen, Zeitschriftenromane usw.?

III.

Die hier angeschnittenen Themen stehen auch im Zentrum vieler literarischer Texte, vor allem von Romanen und Novellen.
1. Fragen zu Katharina Blum:
   (a) Finden Sie, daß Katharina eine repräsentative Gestalt ihrer Zeit und Gesellschaft ist?
   (b) Wie stehen Sie zu der Behauptung, daß Katharina einerseits ein Außenseiter in ihrer Gesellschaft ist, andrerseits aber auch ein Repräsentant derselben. Liegt in dieser Behauptung ein Widerspruch?
   (c) Welche der diskutierten Lebensmodelle akzeptiert Katharina für sich, welche lehnt sie ab? Welche Alternativen stellt Böll als Autor erst gar nicht zur Debatte? Wieso muß man zwischen Autor und Protagonist unterscheiden?
2. Fragen zu anderen Ihnen bekannten literarischen Texten:
   (a) Überlegen Sie sich, welche literarischen Texte Ihre eigenen Konflikte am besten widerspiegeln. Inwiefern hängt Ihre positive bzw. negative Reaktion auf diese Texte damit zusammen?
   (b) Wie reagieren Sie als Leser auf einen Text aus einer anderen Zeit oder Kultur, der möglicherweise Ihnen fremde oder sogar unsympathische Lösungsmöglichkeiten anbietet?
   (c) Ist es möglich, einen Text aus anderer Zeit oder Kultur genauso zu verstehen wie die Leser, für die er geschrieben wurde?
   (d) Wie erklären Sie sich das Phänomen, daß bestimmte Autoren aus anderen Epochen plötzlich wiederentdeckt werden? Wann hört ein Text auf, lesbar zu sein?